Os carregadores de água

Atiq Rahimi

Os carregadores de água

Tradução
Jennifer Queen

Estação Liberdade

Título original: *Les Porteurs d'eau*
© *P.O.L. éditeur*, 2019
© Editora Estação Liberdade, 2021, para esta tradução

REVISÃO Fábio Fujita
SUPERVISÃO EDITORIAL Letícia Howes
TEXTO DE ORELHA Luis Eduardo Campagnoli
ILUSTRAÇÃO DE CAPA Sergio Fingermann, sem título, Suíte Construtiva, 2021.
     Tinta acrílica sobre tela.
EDIÇÃO DE ARTE Miguel Simon
EDITOR Angel Bojadsen

AMBASSADE
DE FRANCE
AU BRÉSIL
Liberté
Égalité
Fraternité

Cet ouvrage, publié dans le cadre du Programme d'Aide à la Publication année 2021 Carlos Drummond de Andrade de l'Ambassade de France au Brésil, bénéficie du soutien du Ministère de l'Europe et des Affaires étrangères.

Este livro, publicado no âmbito do Programa de Apoio à Publicação ano 2021 Carlos Drummond de Andrade da Embaixada da França no Brasil, contou com o apoio do Ministério francês da Europa e das Relações Exteriores.

CIP-BRASIL. CATALOGAÇÃO NA PUBLICAÇÃO
SINDICATO NACIONAL DOS EDITORES DE LIVROS, RJ

R127c

   Rahimi, Atiq, 1962-
   Os carregadores de água / Atiq Rahimi ; tradução Jennifer Queen. - 1. ed. - São Paulo : Estação Liberdade, 2021.
   256 p. ; 21 cm.

   Tradução de: Les porteurs d'eau
   ISBN 978-65-86068-51-1

   1. Romance francês. I. Queen, Jennifer. II. Título.

21-73044   CDD: 843
             CDU: 82-31(44)

Camila Donis Hartmann - Bibliotecária - CRB-7/6472
01/09/2021   03/09/2021

Todos os direitos reservados à Editora Estação Liberdade. Nenhuma parte da obra pode ser reproduzida, adaptada, multiplicada ou divulgada de nenhuma forma (em particular por meios de reprografia ou processos digitais) sem autorização expressa da editora, e em virtude da legislação em vigor.

Esta publicação segue as normas do Acordo Ortográfico da Língua Portuguesa, Decreto nº 6.583, de 29 de setembro de 2008.

EDITORA ESTAÇÃO LIBERDADE LTDA.
Rua Dona Elisa, 116 | Barra Funda
01155-030 São Paulo – SP | Tel.: (11) 3660 3180
www.estacaoliberdade.com.br

A Paul

O reino de Fan-yen-na (Bâmiyan) mede mais de dois mil li *de leste a oeste, e mais de trezentos* li *de norte a sul. Situa-se no interior das montanhas nevadas. A nordeste da cidade real, no flanco da montanha, encontra-se uma estátua em pedra do Buda de pé, a uma altura de cento e quarenta a cento e cinquenta pés, de um dourado-luminoso, com ornamentos preciosos resplandecentes. A leste [dessa estátua], existe um* k'ie-lan *(sanghârâma, santuário) fundado por um antigo rei do país. A leste do* k'ie-lan, *há uma estátua de pé do Buda Chkia (Sâkymuni), em* t'eou-che *(latão), com altura de mais de cem pés. O corpo foi fundido em partes, reunidas para aperfeiçoar e levantar [a estátua]. A dois ou três* li *a leste da cidade, num* k'ie-lan, *há uma estátua deitada do Buda que entra no nirvana, com mais de mil pés. É nesse* sanghârâma *que o rei organiza toda vez a grande assembleia de* wou-tcho *(moksa). A começar por sua mulher e filhos, descendo até o* joyaux royaux *(ele lhes dá todos); e, quando o tesouro foi [dado] até o fim, ele ainda dá sua própria pessoa; os ministros e funcionários abordam então os religiosos para adquirir [a família real e os tesouros reais].*

Hiaun-tsang, monge budista
(602-664 d.C.)

Uma derrota da História

11 de março de 2001: os talibãs destroem os dois Budas de Bâmiyân, no Afeganistão.

1

Ela, Rina, dorme; você, Tom, você sonha.
É preciso sair da cama.
E partir.

Lá fora, chove; você ouve o estrondo da chuva que bate contra a janela; e, com ela, perde toda a vontade de deixar a cama, e sair.

Você tem frio; o sol também. A aurora, indecisa como você, custa a se levantar, deixando o quarto num escuro absoluto. Você duvida que seus olhos estejam bem abertos. Se você os fecha ou não, nada muda. Alguém deve ter desligado a luzinha do corredor. Rina? Certamente não, você teria percebido. Como todas as noites, você deixou a porta do quarto entreaberta para velar sobre Lola, a filha sonâmbula; Rina não saiu do leito conjugal; e você, você não pregou os olhos a noite toda.

Inquietante, essa escuridão cega. Ela absorve todas as referências, obrigando você a depender da sua memória para refazer o caminho que leva ao corredor. Mas seu corpo inerte, grudado à cama, deixa a seu espírito o cuidado de tirá-lo dali. E seu espírito, perdido na sombra de suas próprias dúvidas, erra entre a vigília e o sono.

Você não sabe mais se sonha ou se pensa. Seu avô, em seu lirismo inimitável de afegão, o teria comparado àquele pássaro da meia-noite que, um olho aberto para vigiar, outro fechado para dormir, uma asa virada para o céu, outra virada para a terra, patas presas ao único galho seguro da árvore, onde fez seu ninho, sonha com outro lugar. Para você, essa é a condição de toda a humanidade. Mas, para seu avô, era antes de mais nada uma performance mística, uma visão arcangélica da ruptura entre nossos sonhos terrestres e a contemplação do céu... De onde haveria ele tirado esse pássaro? De qual lenda? De qual livro? Ninguém saberia dizer. Ele citava uma obra, uma espécie de coletânea de todos os livros perdidos da literatura pachto...

Ela se mexe, Rina, deitada na beirada da cama. Ela se vira para você, como se tivesse ouvido você rir com o avô. Com seus longos cabelos, negros a desafiar a negrura do quarto, ela toca seu braço lânguido fora do cobertor; e, ao trazê-lo assim para perto dela, bloqueia de sua memória o título do livro em língua pachto ao qual seu avô se referia cada vez que inventava uma parábola, como a desse pássaro da meia-noite perdido no reino dos sonhos, que somente o gênio dos profetas consegue alcançar no *nik-tariki*, a *penumbra benigna*. Não se trata de um sonho acordado, nem de um pensamento onírico, mas de um *Ro'ya*, uma fantasia, fonte da visão e da inspiração profética.

Mas qual é o título do livro?

Renunciando a encontrá-lo, você arriscaria perder também o fio dos seus sonhos. Pior ainda, você acabaria por não mais se lembrar do idioma em que sonhava. Persa ou francês? E essa falha de memória iria tragar tudo o que você recitava silenciosamente. Esquecendo a língua, você esquecerá seus pensamentos.

Volte a esse pássaro da meia-noite na *penumbra benigna*.

Bom, você não é nem profeta, nem pássaro místico, está somente assombrado pelo mistério da luz apagada que o impede de sair da cama. Habitualmente, a cada despertar, mal você abre os olhos, e essa luz fraca convida seu olhar a mergulhar no quadro de René Magritte, *A reprodução proibida*, que Rina pregou na parede do corredor, bem na frente da porta do quarto de vocês.

Que lugar estranho para um quadro tão misterioso!

Dito isso, por que você está surpreso? Não é a primeira vez que você se dá conta de como é bizarro que esteja pendurado naquele lugar. Ele está lá, ao alcance de sua visão, há algum tempo. Rina decerto o pregou ali por orgulho, como um troféu. Afinal, é o primeiro quadro que você reproduziu sobre aquele belo tecido de seda, quando foi contratado pela empresa Anagramme, e sobretudo o último presente que ofereceu a ela. Isso não impede que, enquanto você o contempla, mil e uma ideias atravessem seu espírito. Toda manhã.

No entanto, o quadro representa uma cena fácil de imaginar: um homem, retratado de costas, se olha num espelho e não vê mais do que suas costas, duplicando a imagem. Simples, mas enigmático. E melancólico. Exasperante. Você se pergunta se Rina não o teria pendurado ali para que todas as manhãs você pudesse se reconhecer nesse personagem, você no abismo de todas as suas contradições, e de costas. Mas isso não concerne a ninguém além de você mesmo; ela nunca lhe disse nada. E você nunca perguntou nada a ela.

O efeito que esse quadro produz em você prevalece tanto sobre as intenções de sua mulher quanto sobre sua própria contrariedade. Uma estranha sensação, que o projeta numa dimensão nem onírica, nem mística, mas de um mundo empírico e sensual, impossível de descrever a não ser passando por uma experiência similar, vivida num ateliê de artes gráficas, quando seu olhar pousou sobre essa obra pela primeira vez. Há muito, muito tempo. Você era então um jovem refugiado afegão. Após dois anos de aprendizagem da língua francesa, a agência nacional para o emprego o enviou a esse pequeno ateliê perdido nos subúrbios de Paris. Enquanto você sonhava estudar numa escola de belas-artes. Mas, por falta do conhecimento artístico exigido, você teve que se contentar com essa formação mais técnica do que criativa.

O ateliê era escuro por fora, mas néons horrorosos iluminavam exageradamente seu interior. Sob essa luz leitosa, você se encontrava diante desse quadro, ou talvez detrás dessa silhueta que se contemplava de costas no espelho. Quanta originalidade!, você pensou então, sem saber que essa obra se incluía havia algum tempo entre os clichês da história da arte. Não importa. Você, você acabava de descobri-la. Para você era original, inédita.

Mas, pela primeira vez, você se confrontava com uma perturbadora impressão de familiaridade. Você se perguntou se já não teria visto esse quadro. Sob a mesma luz esbranquiçada, na mesma situação. Onde? E quando? Você não sabia dizer então. Não mais do que hoje. Um passado suspenso. Inacabado. Você sentiu que repetia seus gestos, revivia seu estado, suas emoções, exatamente como se os tivesse conhecido e vivido em outro momento de sua vida, sem nada de diferente. Um fac-símile. Uma cópia autêntica da situação que você teria mesmo podido detalhar antecipadamente. Você reconhecia tudo. Cada gesto, cada palavra dita ou ouvida, pareciam voltar à memória nos mínimos detalhes. Ressurgiam misteriosamente, de uma maneira surpreendentemente repentina, quase fulminante. Como se lhe ocorresse um passado no qual você se lembrava daquele instante — sua estupefação diante dessa obra, nesse ateliê. Um passado que você não sabia fixar no tempo ou na memória. O lugar era indefinível; o tempo, esquivo. Um espaço-tempo de *Era uma vez...*

E, no entanto, se esse fosse realmente o caso, por que você não se lembrava desse quadro antes de *(re)vê-lo* no ateliê? Onde se escondia, essa lembrança? Impossível desvendar esse mistério. Um pouco atordoado, você ficava o dia todo tentando descobrir o que lhe tinha acontecido. Um problema de memória? Uma falha de seu espírito? Uma reencarnação, como pensam os hindus? Você acabou por acreditar na existência de um mundo paralelo que refletiria, como um espelho, o mundo no qual você vivia.

Mais tarde, tinham tentado em vão convencê-lo de que se tratava desse fenômeno de déjà-vu, uma impressão insignificante, uma ilusão produzida por um atraso entre o espírito e a percepção, etc. Enfim, um tipo de paramnésia, esse estado estranho no qual pensamos ter vivido a cena em outro momento, por antecipação.

Na época, você não compreendia. Não somente não entendia nada das palavras eruditas do francês, como também você nunca tinha vivido esse fenômeno, nem tinha nunca ouvido falar dele. Não existe palavra equivalente em sua língua materna.

Isso acontece com todo mundo, hoje você sabe. Mas, para alguns, essa sensação, por mais breve que seja, provoca um mal-estar tão estranho, inquietante e súbito que eles mergulham num confuso estado de pânico, do qual não conseguem se libertar. Para você, ao contrário, essa sensação de déjà-vu não o inquieta. Ela o diverte, torna a situação familiar. Nenhuma surpresa, nada demais, tudo é apenas lembrança, o presente inteiro. Você se sente mestre do tempo. Num estado de encantamento e beatitude. Quiçá de profecia. Quem não estaria pronto a morrer para reviver sua vida, nem que fosse por uma fração de segundo? Quem não sonha viajar no tempo? E então, essa sensação fica ao alcance do seu espírito. Graciosamente. Sem esforço. Não como num sonho, não, mas na realidade dos eventos, *hic et nunc*. Nada de fantástico.

É isso que vai fazer falta nessa manhã na qual a luzinha se apagou, além de ficar na cama até amanhecer. Ou, então, é só você sair da cama, acender a lâmpada e contemplar o quadro para que ele assombre e persiga você.

De pé!

Não se esqueça de desligar o despertador.

2

Ela, Shirine, dorme; ele, Yûsef, sonha.
Sem vontade de sair do *sandali*.
Nem de partir.

Lá fora, não chove nem neva, tudo está paralisado por um frio invernal. Toda a cidade de Cabul é uma geleira, sua terra ocre como seu céu azul, suas montanhas cinza como seu rio seco... Uma geleira seca; ou melhor, uma seca glacial. Nenhuma nuvem de esperança no horizonte, nenhuma gota de alegria no solo, e nenhuma força para sair do *sandali*, mesmo se o braseiro estiver apagado.

Já faz um tempo que Yûsef está acordado; acordado por seu maldito pau que há um ano, toda manhã, ao nascer do sol, não para de perturbar seu sono, provocando uma estranha sensação, agradável mas aflitiva, que ele nunca antes havia conhecido, nem mesmo durante a puberdade. É agora, na idade adulta, que ele sente e apreende o que é uma ereção. Antes, porém...

Esquecido, o passado! Não importa que ele sofra mais hoje com essa situação insólita do que antes tinha sofrido com sua ausência. Mas isso não o impede de refletir, pois ele não entende por que essa besta deve acordar todas as manhãs antes do chamado à oração do amanhecer. Acha que é o almuadem[1], é? Ou talvez seu minarete.[2]

Herege!

Ao diabo seu pau! Ele o arranca do sono, o suja, o oprime, o faz blasfemar, enche-o de uma angústia que desperta sua asma, impede-o também de se levantar imediatamente para fazer suas abluções, rezar. Cada manhã, ele precisa esperar que o danado desse morcego amoleça.

E demora.

Deixa para lá! É preciso partir às pressas, antes que o mulá saia de casa, que os fiéis ou infiéis cheguem diante da pia vazia da mesquita para se entregar às abluções. Cabe a Yûsef levar água para eles; senão, noventa e nove chicotadas nas costas!

Ele se veste, olha de soslaio para a janela que, enquadrando algumas estrelas sobre o fundo do céu antes da aurora, recorta o luar leitoso da lua fria para projetá-lo sobre o pequeno corpo de Shirine, escondido sob a colcha, do outro lado do *sandali*. Ela, portanto, ainda não acordou para acender a lâmpada, preparar o café da manhã...

---

1. Almuadem, ou muezim, é o encarregado de anunciar, do alto das minaretes, o momento das cinco preces diárias. [N.T.]
2. Torre da mesquita, do alto da qual são anunciadas as orações do dia. [N.T.]

Irritado, Yûsef se encosta contra o muro. Sob a luz madrepérola, seu olhar se perde nos motivos florais do edredom que cobre o *sandali*.

Durante muito tempo, era o ritual do café da manhã que lhe dava vontade de acordar: ouvir o chamado à oração, o grito dos corvos no silêncio absoluto da aurora invernal e o ruído aveludado dos passos de Shirine quando ia buscar o pão quente cujo aroma invadia o pequeno lar. E o perfume do chá, a doçura do queijo cru... Mas hoje não. Faz, inclusive, algum tempo que, ao acordar, ele não pensa na atmosfera matutina, no ritual do café da manhã, mas no sono agitado de Shirine.

O que ela sonha?

Com quem ela sonha?

Para quê?

Uma vontade mordaz de penetrar os sonhos da jovem mulher o invade. Sonhos mudos ao despertar, barulhentos durante a noite. Algumas noites, ela grita, ri, chora... Fala, inclusive, em híndi — e, no entanto, nunca aprendeu essa língua. Nada é compreensível para Yûsef, ou para qualquer outra pessoa. Até mesmo a família reclamava dela. Tinha receio. Uma vez sua mãe a levou ao velho curandeiro judeu, Ishaq, na sinagoga da rua das Flores, em busca de um talismã que ela deveria manter entre os dentes durante o sono. Mas, uma noite, ela o engoliu enquanto dormia. Quase sufocou. Quando sua mãe lhe deu um outro amuleto, não pregou os olhos a noite toda, coitadinha, inerte e silenciosa, até a manhã. Todo mundo acreditou então que ela tivesse se curado.

Muitas vezes, quando Yûsef adormece, esses gritos sobressaltam-no; depois vem o silêncio, como se nada tivesse acontecido. No começo, ele achava que era ele quem tinha pesadelos, que tudo o que ouvia não passava de suas assombrações noturnas. Mas, na noite em que ele se deu conta de que era ela, acordou-a violentamente, deu-lhe um sermão e mandou-a fazer abluções, sua prece... A mãe de Yûsef dizia: "É o espírito mau que fala nela." Ela estava possuída, possuída por esses satânicos deuses hindus. Se ainda vivesse, sua mãe abençoaria os talibãs por oprimir os hindus e decretar a destruição dos Budas.

Mas Yûsef estava disposto a tudo para entender esses uivos em hindu seguidos de risos e queixas. Essa obsessão de penetrar o mistério dos sonhos de Shirine tinha se apoderado dele quando, durante várias noites, ela havia gritado o seu nome e o nome do comerciante hindu Lâla Bahâri.

O que fazia Lâla Bahâri no sonho de Shirine?

Ele começou, então, a suspeitar de seu único amigo no bairro; um bom amigo que o compreende; um amigo em quem podia confiar; por quem, havia mais ou menos um ano, recebera chicotadas por entregar-lhe água antes dos outros — os muçulmanos. Ele não gostava nada e continua não gostando de que os talibãs o persigam como aos outros hindus. Lâla Bahâri é um homem sábio, grande conselheiro. E sobretudo um homem reservado, como ele...

Mas ouvir os lábios de Shirine pronunciarem o nome desse amigo durante o sono, isso o desonra.

Seu pau e o hindu se tornaram os dois demônios de suas noites intermináveis.

O primeiro agora adormece; o outro, ele o verá daqui a pouco.

E Shirine, ainda dorme?

Ele não pode ver nada; a cabeça dela, assim como todo o corpo, está sob a coberta, exceto a mecha rebelde. Sempre a mesma! Aquela que fica descoberta e brilha ainda mais esta noite ao luar. Cacheada, ela nunca para quieta, mesmo sob o véu, caindo como um fio de água negra sobre seu olho direito; uma mecha que Yûsef antes detestava, certamente por causa do que lhe dizia sua mãe. "A mecha de uma mulher é uma corrente que encarcera os homens."

Mas, um dia, levando água para uma das casas, ele ouviu o patrão — o sufi Hafez, um poeta — cantarolar uma estrofe que antigamente, antes dos talibãs, todo mundo entoava:

Maligna, quem cacheia sua mecha rebelde?
Quem adormece seus olhos exaltados?

Atrás de sua casa, dois pés de romã
Quem os rega? Eu sou seu jardineiro!

Ao entrar em casa, ele não cessa de olhar para a mecha do cabelo de Shirine. Aos poucos, ele foi se afeiçoando a ela. O desejo de tocá-la, de acariciá-la, apoderou-se dele, sem que saiba por quê. Um apego estranho, absurdo, diz ele, desviando seu olhar inquieto.

Por que pensar nisso ainda?

Não está certo, não!

É abjeto!

Vamos, de pé!

Senão, noventa e nove chicotadas nas costas.

Ele empurra o edredom, mas continua sentado.

3

Sempre a mesma história, diríamos, a do seu despertar.

Sempre a mesma voz, distante, vinda da noite dos tempos, como um chamado à reza da aurora, mas que intima você a seguir a ordem: "Vá embora!".

E, no entanto, nada mexe. Tudo continua no lugar.

Não desta vez. À noite, você tomou sua decisão. Você vai partir. Vai deixar tudo.

Levante-se.

Nenhum medo da escuridão, de qualquer modo você sabe onde ficam a porta, o corredor... seus pés também sabem onde buscar as sandálias sob a sua cama e como ir em silêncio até a saída, sobre o tapete fofo e espesso. Não faz mal se você, uma única vez, começar o dia sem mergulhar na *Reprodução proibida*. Você não vai mais experimentar essa sensação de déjà-vu. Seu passado ficará como um ontem suspenso sobre a escala do tempo; suspenso como sua vida, condenada à incerteza de um outro exílio.

O barulho dos passos de Lola no corredor escuro põe fim ao seu devaneio. Você tenta se levantar rapidamente e logo se imobiliza: não é preciso acordá-la, nem assustá-la.

Ao ouvir seus passos regulares sem hesitação no corredor, e depois no banheiro, onde ela se senta, faz xixi, aperta a descarga... você se dá conta de que Lola conhece o caminho melhor do que você. Seu corpo sonâmbulo é mais hábil e inteligente que seu espírito vagabundo.

Ela volta, no escuro você não consegue vê-la em frente à porta de seu quarto. Ela é invisível, como um fantasma...

Ela é invisível, como um fantasma, e essas palavras soam familiares, como se você já as tivesse pronunciado uma vez, em uma situação similar, luzinha do corredor apagada. Lola ia ao banheiro, e você se perguntava as mesmas coisas... antes de se levantar para ver se ela estava de volta em sua cama.

E você se levanta, seus pés não buscam suas sandálias, eles se dirigem diretamente para a saída. Você deixa a porta aberta, tenta acender a luzinha. Em vão. A lâmpada, como na última vez, está queimada.

Essa cena, você realmente a tinha vivido, nada de déjà-vu. Você continua sem dificuldade seu caminho em direção ao banheiro, como Lola. Mija. Passa bastante tempo diante da pia tentando se concentrar nesse dia decisivo. É razoável, depois de uma noite em claro, partir tão cedo para percorrer quilômetros numa estrada congelada? Você pode ir embora mais tarde. Não tem nenhum encontro, obrigação, compromisso. Apenas um, Rina, a quem você disse na véspera que precisaria partir cedo para Amsterdã, para almoçar com um de seus clientes... Mas não é essa mentira que o obriga a entrar no carro na madrugada; você não quer principalmente topar com o olhar de Rina nem deixar os beijos mudos e ranzinzas da filha impressos no rosto.

    Partir sem uma palavra. Sem olhar. Sem beijos. Covardemente.

    Sua mala está pronta; o café da manhã, você o tomará na estrada.

    Ao levantar o rosto, você não ousa se olhar no espelho. Diante de sua imagem, você se duplica em juiz, um juiz severo, onisciente, todo-poderoso, que o critica, o culpa, o condena, sem estado de alma algum... Você não faz a barba nem escova os dentes. Tudo isso, você fará na estrada, ou no hotel. Você deixa seu estojo, não para que Rina acredite que vai voltar, mas para não levar nada com você, nada que o ligue ao seu lar, aos seus hábitos. Está decidido. É isso. Um golpe de cabeça. Ou do coração.

    Você sai do banheiro.

    Sua camisa branca, lavada e passada, está suspensa no corredor, ao lado de seu terno cinza. Sua gravata azul-marinho acetinada na cor bordô, como você adora descrevê-la, está suspensa com cuidado no cabide. Ao se vestir, você se pergunta se os cuidados de Rina não lhe farão falta. Seja como for, você espera que sim. Ela faz todo o possível para que nada lhe falte. Mesmo a juventude dela. Ela ainda se veste e se penteia como você amava antes. Há alguns dias, sem dúvida se dando conta de sua indiferença quanto a ela, conseguiu, sabe Deus como, achar o mesmo perfume que usava em Cabul, na esperança de despertar-lhe o desejo de outrora. Não entendeu que, ao contrário, o que lhe fazia falta era justamente a falta; essa falta que você também ignorava. Ou que você fugia, indo se refugiar no mundo paramnésico, para tudo duplicar, reproduzir em ausência, e assim preencher absurdamente a falta. Esse perfume não pôde nem ajudar Rina a chegar até você, nem fazer você reviver sua *lembrança do presente*. Nada mais era do que o perfume da nostalgia, que você não amava mais. Foi nesse momento que você decidiu partir.

E você parte. Barba mal-feita, em jejum, mas bem-vestido.

Tudo é lento, o elevador, a descida, a abertura de portas... E longe, os corredores do subsolo até o estacionamento, o lugar de seu carro... E gelados, a maçaneta da porta, os vidros, o volante... Você tem dificuldade em fazer o carro funcionar. O motor está entorpecido como seu pensamento, como seus gestos, ou como esse cachorro, um mastim, que pertence à sua vizinha — a esposa do policial municipal, que vigia a escola maternal da comunidade. Sem pressa, o cão se alivia de suas necessidades em frente à saída do estacionamento; a dona não se apressa em chamá-lo nem para apanhar o cocô duro; com certeza pensa que a chuva o levará. Sob o toldo da entrada do prédio, ela fuma e esboça um oi matinal que você retribui levantando a mão, sem se esquecer de sorrir. O cão acaba de esvaziar a barriga, mas continua ali como para desafiá-lo. Impaciente, você pisa o acelerador; o animal sai finalmente, sem muita vontade. Você acelera e se distancia sob o olhar fiscalizador da vizinha, desaparecendo na bruma da aurora indecisa.

Ao volante, você não para de olhar pelo retrovisor, como um criminoso em fuga que verifica constantemente se não está sendo seguido. Estranho! É a primeira vez que você experimenta um sentimento de culpa assim.

Não, você não é um criminoso, eis o que adoraria ouvir. Olha para trás unicamente para ver, a distância, aquilo que fica pelo caminho, toda uma vida construída em exílio em vinte e cinco anos. Sua casa, esse subúrbio parisiense, sua mulher, sua filha, suas lembranças... Sem arrependimento algum. Sem nostalgia.

Esse tipo de sentimento, você não conhece. Nem mesmo como exilado. Quando foi que você deixou seu espírito vagabundear na sombra que projeta o *sol negro* do passado? Nunca. Você não é nem religioso o suficiente para se iludir sobre suas origens edênicas, nem velho o suficiente para sentir falta de sua juventude, ou ufanista para sofrer de saudades de sua terra. Esse desprendimento de suas raízes já lhe valeu críticas veementes, tanto da parte de Rina como de sua própria família e de compatriotas, que o fazem sentir culpa de ser religiosamente um renegado, politicamente, um traidor, humanamente, um cínico! Eles não conseguem entender como um afegão que partiu aos vinte anos de sua terra natal não tenha experimentado, em vinte e cinco anos de uma vida de proscrito, nenhuma nostalgia, nem falta do jardim de sua infância, nem do céu azul de Cabul, nem orgulho das montanhas ao pé das quais viu o dia nascer... Como é possível ter enterrado tudo isso no cemitério de seus antepassados, mesmo seu nome de origem, Tamim, depois de se naturalizar bom francês?

— Então você não é mais do que um afegão empalhado — retrucou-lhe um dia sua irmã, ironizando seu curioso status, depois que você lhe explicou os dois sentidos da palavra "naturalizado" em francês. Mas você pensa em silêncio o contrário. Por mais que tenha fugido de sua identidade afegã, de sua *afghanité* — segundo sua própria expressão — e se disfarçado em cidadão francês, ainda resta palha afegã em seu interior. Quer você queira ou não. De outro modo, você não teria jamais vivido mais de vinte anos com uma afegã.

Por mais que você renuncie a falar sua língua materna, o seu francês guarda, no fundo, impressões retóricas de suas origens. Daí as frases patéticas e sem jeito. O espírito francês exige, como você diz, uma outra linguagem, mais cerebral que visceral, em que palavra e pensamento sejam inseparáveis. Você diz o que pensa, e pensa o que diz. E você deve dizer tudo, explicar tudo, analisar tudo. Nada de lirismo. Ou metáfora. E você vem de uma cultura na qual se fala para esconder o pensamento, se escreve para cobrir os desejos e embelezar as tripas na poesia. Você, você se perde sempre entre os dois. Inconscientemente ou não. Como nessa noite. Você sonha com sua cultura de origem e fala com as palavras e os conceitos da língua francesa. Seus erros tão estranhos e confusos são reflexos de sua vida de proscrito.

Você segue. Sem prestar atenção à velocidade. Mais um comportamento estranho. Você nunca ultrapassou a velocidade indicada pelas placas de sinalização, tamanho o desejo de ser até agora um bom cidadão, um bom empregado. Não apenas porque você dirigia um carro da empresa, que ainda conduz, mas pelo cuidado patético de todo estrangeiro como você, de não parecer um selvagem ignorando as regras.

As regras, por muito tempo, você viveu feliz com elas. Com todas as regras. Feliz porque acreditava que a vida não era mais do que um jogo, um jogo do acaso. Imprevisível, encenado, guiado por ilusões. Um jogo que apenas as convenções e os dogmas poderiam transformar em destino, previsível e dominável. Para continuar no jogo e, portanto, na vida, e ganhar as partidas, era necessário respeitar essas regras.

Os chamados insistentes dos faróis do carro atrás de você o impedem de remoer suas ideias. Você para de pensar e, em vez de desviar e permitir a ultrapassagem do outro carro, você acelera. O que torna o bater da chuva contra o vidro mais violento, obrigando você a aumentar ao máximo a velocidade dos limpadores de para-brisa. Coisa que você detestava até pouco tempo. Sem perceber, você faz coincidir a velocidade do carro com o ritmo desenfreado do vaivém desses limpadores. Mas, hoje, vale tudo, a velocidade lhe dá prazer, você esquece a gravidade da terra, como a do seu corpo, como a do seu ato, a fuga. Mesmo que antes você tenha conhecido uma situação ainda mais perigosa, em sua partida clandestina de Cabul para a Palestina, nas barbas do Exército soviético, você se sente invadido por um medo diferente, estranho, que não consegue definir. Um novo exílio, pior do que o primeiro, como o de Adão depois de ser expulso do paraíso!

Empenhado na estrada, você não olha mais pelos retrovisores, fixa o olhar bem à sua frente, visa seu destino. Lille, Bruxelas... enfim Amsterdã.
— Enfim, Amsterdã! — você repete em voz alta. E acelera; todo agitado, como se, pela primeira vez depois de tanto vagar, você fosse para uma terra prometida. Súbito,

mil e uma imagens, mil e uma palavras, na velocidade da luz e do som, atravessam o seu espírito. Em desordem. Impossível retê-las ou mesmo retardá-las. Impossível hierarquizá-las, estruturá-las.

Você tem medo.

Tantas coisas de sua vida entre dois movimentos de limpadores do vidro. Entre duas batidas de coração. Entre dois suspiros. A uma velocidade alucinante...

Você para de acelerar, muda de faixa.

Muito bem, você ainda pode controlar o acelerador, ligar o rádio. Tenha certeza, você não está entre a vida e a morte. Não está agonizando. Aliás, na estrada não se deve nunca pensar na morte, dá azar.

Ouça as notícias.

Ontem, a direita foi derrotada no primeiro turno das eleições legislativas; a esquerda está eufórica; a prefeitura de Paris tem um novo chefe, Bertrand Delanoë. A direita justifica sua derrota; a esquerda, sua vitória, etc. Em seguida, a incerteza sobre o destino das grandes estátuas de Budas nos vales de Bâmiyân. Ninguém sabe se ainda estão lá. Nenhuma imagem. Nenhuma prova. Há quem diga que elas vêm sendo destruídas há três dias, desde o 8 de março, Dia Internacional das Mulheres. Bem possível, conhecendo os talibãs, mesmo que não haja nenhuma relação entre os dois eventos. É apenas simbólico.

"E retransmitimos aqui o decreto do último dia 26 de fevereiro outorgado por mulá Omar, chefe dos talibãs no poder", anuncia o apresentador da rádio. Uma voz anasalada recita primeiro um verso do Alcorão, depois declara em pachto, coberto pela voz do enviado especial ao Paquistão, que traduz: "Após consultas entre os chefes religiosos e com o Emirado islâmico do Afeganistão, com base em conselhos de religiosos, teólogos e responsáveis pela corte suprema do Emirado, foi decretado que todas as estátuas e todos os santuários não islâmicos situados em diferentes partes do Emirado devem ser destruídos. Essas estátuas foram e continuam sendo santuários de infiéis, e esses infiéis continuam a adorá-las e a venerá-las. Alá todo-poderoso é o único."

Você não aguenta mais. Já faz mais de um mês que ouve notícias assim, tanto na mídia como repetidas por seus colegas e amigos...

Então, o que é que está acontece com seu país?

Ou: será que você tinha visitado os Budas?

Será que... será que... será que...

Vamos, mude a estação. "O jogador francês Zinedine Zidane é nomeado em Genebra *embaixador itinerante para a luta contra a pobreza* pelo Programa das Nações Unidas para o Desenvolvimento..." Uma outra estação, musical. Música clássica, que combina com a cor do tempo, o ritmo da chuva, o movimento dos limpadores de para-brisa...

Seria Schumann?

Não.

"Você acaba de ouvir Brahms", diz o apresentador, com uma voz solenemente doce, "Variação X, op. 32, sobre um tema de Schumann, op. 9, homenagem a seu amigo e a sua mulher, por quem estava apaixonado..."

4

Que a noite fique suspensa naquele instante, antes da aurora, antes do chamado à oração. Que não haja nem dia, nem noite. Que nada exista. Nem o passado, nem o futuro.
Que o tempo pare.
Que Yûsef continue sempre sob o *sandali*.
Que Shirine durma eternamente aquecida.

— Mas, Yûsef, o ciclo do dia e da noite — teria dito mais uma vez Lâla Bahâri — nos lembra do ritmo do aparecimento, do desaparecimento e do reaparecimento de tudo o que existe; para que você saiba que tudo o que nasce morre e renasce.

Ao diabo o hindu e sua filosofia que Yûsef não entende em absoluto. Ou não quer entender. Ele só deseja uma coisa, que ninguém acorde nunca mais, que o resto do mundo desapareça nessa noite de eternidade, de uma vez por todas. Que não fiquem na terra senão Shirine e ele, e esse eterno luar.

Shirine se mexe, como se tivesse acordado, ela também. Esperança vã, ela ainda dorme. Yûsef se inclina para pegar suas meias grossas perto do colchão, quase no chão, mas interrompe o gesto com o gemido fraco de Shirine que cochila, murmurando com voz dolente palavras incompreensíveis, como sempre. Ele espera ouvir um segundo gemido, apenas para reter as palavras, repeti-las então a Lâla Bahâri. Ele irá traduzi-las, e então Yûsef entenderá alguma coisa.

Ele não ouve mais nada.

Veste as meias. Ficar de pé ainda é um esforço, ainda persistem o desejo de um café da manhã, o cheiro do pão quente e do queijo cru nas mãos de Shirine...

A espera.

Vã.

Por que não acordá-la? Que ela prepare o chá, que traga o pão. Yûsef tem fome; ele ainda vai trabalhar duro o dia todo.

Ele dá um passo em sua direção, um pé prestes a lhe dar um chute. Mas sua perna fica pesada, inerte como o tronco de uma árvore morta; não lhe pertence mais, diria. Uma segunda tentativa, com o outro pé. Impossível. Nada lhe obedece agora. Foi-se o tempo em que suas mãos e pés esperavam sempre dar golpes secos, convulsivos. Foi-se o tempo em que detinha o direito sobre a vida e a morte de Shirine. Agora é dela que dependem a vida e a morte de Yûsef.

Ele respira fundo a fim de esvaziar seus pulmões, cheios de angústia, e poder gritar, chamar "Shirine!". Um silêncio desesperado. Suas cordas vocais já não respondem. Ele não é mais capaz de dominar um único de seus membros.

Sem dúvida, é o corpo que censura a violência da alma, como diz Lâla Bahâri.

Mas poderia ele acariciá-la?

Tocar sua mecha de cabelo?

Deslizar em seus braços?

O solo estremece; ele vacila e se precipita em direção à porta, perseguido por uma voz eterna, veemente, que grita: "Como você pode sonhar com o abraço de Shirine? Você não tem vergonha? Vá embora!"

Adeus chá, pão, esse momento de graça que Shirine lhe teria oferecido nas primeiras horas da manhã.

Ele espera que haja oferendas na mesquita.

Ele veste seu gorro, suas luvas, pega seu grande *gopitcha*, seu turbante e sua bengala de bastão de caniço, sai pelo pequeno corredor escuro, onde seus pés buscam as botas de borracha que irá calçar com dificuldade. Ele não tem uma idade avançada, certo, mas já é velho, encurvado sob o peso do odre, as pernas abertas em arco como dois parênteses, rosto devastado pelo sol e pelo frio, barba grisalha antes da idade, respiração curta e ruidosa... Ele tem a impressão de ter sessenta anos, ou mais, mais do que o seu pai tinha quando foi atropelado por um caminhão ao carregar água. Pensa que já tinha essa aparência senil muito mais cedo, desde a adolescência. Aconteceu de repente. Com a morte de seu pai, na mesma noite, tinha envelhecido. Desde então, sua voz treme como a de um velho, e também seu corpo, que sente frio em todas as estações.

Turbante em volta do gorro e botas no pé, ele se cobre com seu *gopitcha*, sobre o qual ajusta seu avental de couro, depois pega o odre, seu saco de pele de bode, pendurado no muro. E parte.

Atravessando o jardim silencioso, mergulhado na tristeza de um inverno estéril, Yûsef ouve o chamado da dona da casa pedindo, em voz baixa, que lhe traga hoje dois *mashks* d'água; ela terá convidados para o almoço.
— Depois da mesquita — responde ele.
— Tudo bem. Que Alá o benza, Yûsef!
Morra, *nana* Nafasgol! Se Yûsef lhe traz água, é para voltar a casa e ver Shirine. Que a terra leve embora seus convidados.
Em silêncio, ele atravessa o portão.

Lá fora, um outro mundo o espera, um mundo sem água.
Lá fora, ele não é mais Yûsef, mas o carregador de água. É a seca que o quer. Faz dois anos que não neva em Cabul. Não apenas em Cabul, mas também em Salang, nas

montanhas do Hindu Kuch. Lá também, nada de chuva; nem uma gota desde o último mês de março. Com esse frio, tudo está congelado, todos os encanamentos e todos os tubos hidráulicos vindos de outras terras... E não há ninguém além dele, Yûsef, o carregador de água, o misterioso, que conheça a via subterrânea e secreta de uma fonte de água quente, nas entranhas da colina Bâghbâlâ, ao pé do Hotel Intercontinental que domina a cidade, sob o mausoléu Pir-é Bland. Sim, só ele. Como é a fonte? De onde vêm essas águas com perfume de rosas? Ele se cala. Alguns se aventuraram a descer até a fonte, mas se perderam. Outros, inclusive, se asfixiaram... Agora todo mundo tem medo. Inventam lendas. Dizem que a fonte é guardada por um *dèw*, um monstro de olhos vermelhos, nu, de pele cinza, a língua pendurada para fora da boca, um colar de caveiras ao redor do pescoço, duas cobras enlaçando seus braços, uma espada afiada na mão. Tudo o que a noite absorve leva para ele, no fundo escuro da fonte. Alguns o chamam Shishak. Não se deve, portanto, descer até lá, a não ser que você seja... ninguém sabe dizer senão "como o carregador de água". E como é ele, o carregador de água? Yûsef não quer ouvir as respostas. Prefere a outra lenda, difundida por causa das pequenas salamandras que escorregaram duas ou três vezes dentro do seu odre. São, dizem as pessoas, os recém-nascidos de um dragão, isolado ao fundo da gruta, com o qual o carregador de água fez um pacto. A água que ele leva é a urina do dragão... E, de vez em quando, ele acrescenta que, ao contar ao dragão o que acontece na cidade, ele o faz chorar, e assim recolhe as suas lágrimas — *askhs* em seu *maskh*, como dizia sua mãe. Daí a qualidade morna e límpida da água. Mas de onde vem seu perfume de rosa? Nem ele mesmo sabe.

Que esta água seja a urina do dragão ou suas lágrimas, pouco importa, desde que sacie a sede. Digam o que quiserem, isso não os impede de correr atrás dele, de estimá-lo, de suplicar-lhe para trazer-lhes água... Ah, que triunfo sobre esses cretinos que antes zombavam dele, chamavam-no de eunuco. Eunuco porque nunca se casou, nunca conheceu a presença de uma mulher em sua cama ou a seu lado — fora sua mãe, morta há três anos, e Shirine, esposa de seu irmão mais velho que se foi para o Irã há muito tempo, sem nunca voltar ou dar notícias. É sua obrigação cuidar dela.

Eunuco ontem, ei-lo herói hoje, o salvador dos mortos de sede, o profeta Khizr! Ninguém mais ousa insultá-lo, agredi-lo ou ameaçá-lo. Ninguém mais ousa atacá-lo à saída da gruta para arrancar-lhe o odre. A partir de agora, a vida e a morte dos habitantes de Kfir Koh estão nas mãos de Yûsef. "Que bando de hipócritas! Um dia, vocês serão todos envenenados, todos, homens, mulheres, crianças..."

Um rapaz com um balde pequeno está atrás dele, gritando a plenos pulmões: "Água"; sua mãe acaba de dar à luz; ele agora tem uma irmãzinha, diz todo contente.

— Que Alá a proteja!

O carregador de água pede que ele o siga até a gruta, mas o menino prefere esperá-lo ali, tem medo do monstro. O carregador de água ri e promete encontrá-lo em frente à mesquita. De repente, ele ouve a voz aguda e metálica do mulá. Seria já o chamado à reza? Ele para tentando escutar melhor. Não, uma sentença: "O emir mulá Omar ordena o sacrifício de cem vacas, cuja carne deve ser distribuída aos pobres, para expiar o atraso dos muçulmanos em aniquilar os Budas."

Então não haverá oferenda hoje.

O carregador de água acelera o passo, corre quase, até chegar em frente à gruta onde um pobre cão, magrelo mas grande, um cão pastor, cochila à entrada, olhos fechados. Ouvindo o barulho dos passos, abre um olho, depois outro. Levanta-se com esforço para liberar a entrada. Um verdadeiro cão de guarda, mas de uma preguiça senil, e sempre contente quando o carregador de água lhe faz um carinho nas costas e pergunta: "Está com sede?", antes de entrar na gruta.

5

Sair de um túnel em pleno dilúvio provoca um *choque interplanetário*, como se diz em sua língua de origem. Após alguns quilômetros de trégua pluvial, de repente, o aguaceiro, como que projetando você num espaço cosmoaquático. Pensa estar imóvel, sob a água, e tudo ao seu redor desfila à sua velocidade. Você pisa o acelerador, até chegar num posto.

Mal sai do carro para colocar gasolina, o telefone toca. É Rina.
— Por que você pegou a estrada tão cedo, na chuva?
— Justamente por isso. Precisava sair cedo para não me atrasar nem andar muito rápido.
— Está bem, está bem — diz ela num tom que evita que você se atrapalhe ainda mais.

Sim, ela entende tudo. Porque sabe tudo, sente tudo... Melhor assim, você não será obrigado a lhe dizer tudo, explicar, justificar. De qualquer forma, é o fim da história de vocês, um fim inesperado; embora desesperadamente sonhado por um, e voluntariamente ignorado pelo outro.

Cada um de vocês se pergunta o que os manteve juntos até hoje. A filha? Suas origens? O exílio? Os três, claro, e você também acrescenta o medo, seu, de uma vida sem mulher. De fato, você nunca viveu sozinho, nunca sentiu em si o abismo da falta e do abandono, nem mesmo na morte do seu pai, ou da sua mãe. Tampouco no exílio, ou nesse momento em que você se afasta de Rina e de Lola. Incapaz de imaginar o vazio que você deixa com sua ausência. Sem dúvida, acredita que ainda está onde você não é mais.

A mangueira da bomba de gasolina para, indicando que o tanque está cheio, como se tentasse trazê-lo ao mundo presente, diante da bomba, bem perto da fronteira belga.

Depois da gasolina, um café. Você compra um croissant rançoso, horrível; toma seu café, repulsivo. Então se senta num canto, pensa no primeiro dia em que viajou a trabalho. Não chovia, você tinha enchido o tanque, não precisava parar, exceto pela vontade inconveniente e constante de mijar. Efeito da ansiedade ou um primeiro sintoma de problema na próstata. A angústia se dissipou na volta. Um retorno sem parada, sem urina. E com dois contratos.

Veja você agora, três anos depois, no mesmo posto de gasolina, mas não na mesma situação. Desta vez, você está deixando sua mulher, sem objetivo preciso, sem saber onde nem como viver depois. Instalar-se em Amsterdã com Nuria, nada é menos certo! Desde os primeiros dias, você sabe: nenhum futuro comum, nenhum projeto. Ela, jovem e ambiciosa; você, velho e empoeirado. Sua beleza insolente e inteligência o intimidam. Você dizia que nunca teria a força de amá-la plena nem longamente. A seu lado, você se sentiria fraco e velho um dia. E, no entanto, só quer amá-la, abandonar tudo para viver com ela.

Essa incerteza, você a viveu logo no dia em que encontrou Nuria pela primeira vez. Ela entrou em seu carro nessa mesma estrada. E depois em sua vida. Lenta. Progressiva. Tranquilamente. Apesar dela. Apesar de você.

Naquela época, você não teria jamais acreditado ser capaz de deixar Rina. "Ela é suas origens, sua juventude, seu exílio e sua identidade", repetia sua mãe. Sua irmã iria maldizê-lo também. Foi ela quem arquitetou tudo no aniversário para que você encontrasse Rina, a melhor amiga dela. Tão jovens, vocês dois, ela com dezessete, você, dezenove anos.

A história da vida de vocês, você não pode ignorar. Tal como um mito de origem, os dois carregam em si, tanto nos sonhos quanto nos pesadelos, na alma e no corpo... Você bem que tentou esquecer. Rina está lá, guardiã do mito, sua Clio. Ela se apressa a contar, em qualquer ocasião, a qualquer um que queira ouvir, como e por que vocês chegaram à França. Ela começa pelo encontro, no aniversário de sua irmã, antes de você deixar o país em direção ao Paquistão, onde você a esperou durante dois anos — mas ela não podia ir sozinha. E, como um cavaleiro de antanho, você voltou, apesar de tudo, para Cabul, clandestinamente, sob o risco de ser detido ou enviado ao front. Três meses à sombra, depois um casamento clandestino, e novamente o êxodo, a rota ilícita para o Paquistão, você a pé, Rina sobre um asno que você tinha comprado para ela: "Fazia calor, muito calor, e sob o véu que vestia pela primeira vez, eu sufocava de calor. Estávamos com o barqueiro e os mujaidines que não queriam me ver com o rosto descoberto. Eu não sabia como ficar sob o *tchadari*, como andar. Eu não via quase nada. Felizmente tínhamos encontrado o burrico."

Nesse momento, ela interrompe, olha para você, sorriso malicioso nos lábios para contar uma anedota. Você não sabe se ela a inventou ou não.

— A dado momento, abatida pela insolação, tive a impressão de que Tom me levava em suas costas. Quando abri os olhos, me dei conta de que tinha me agarrado ao pescoço do burrico. — Depois de um ataque de riso, ela retoma: — Para resumir, nós caminhamos sete dias até alcançar a fronteira. Atravessamos montanhas altas, vales secretos. Cada passo, atravessando caminhos minados, era uma vitória sobre a morte. Nossos olhares buscavam o traçado dos passos daqueles que nos haviam precedido. As pegadas de seus solados eram nossas referências de sobrevivência. A gente descansava pouco, somente quando encontrávamos uma mesquita ou uma família para nos acolher. Na época, tínhamos orgulho do amparo da resistência que lutava contra a invasão soviética. Não podíamos imaginar que, um dia, esses heróis seriam monstros que se voltariam contra nós. Depois, três anos de errância e incerteza. E, enfim, o exílio. Primeiro, a Alemanha, depois a Bélgica, e, por último, a França.

Rina narra tudo isso como um conto. E, como em todos os contos, adoramos ouvir as desventuras, a busca de um lar no conforto do exílio. E o desfecho: *Vocês viveram felizes e tiveram muitos filhos.* Nada mais. No entanto, essa banalidade não o incomodou em absoluto durante décadas. Convencido de que todas as fábulas são, enfim, as mesmas, banais. Repetem uma mesma história sob diferentes formas, com diferentes nomes. A história original ninguém conhece. Mesmo aquela que inspirou os mitos da Criação. Não está nem na Bíblia, nem no Alcorão. Aliás, de acordo com esses livros, a humanidade é apenas uma cópia, feita à imagem de Deus. E o que dizer dos deuses não monoteístas! Esses são feitos à imagem do homem.

Esqueçamos então a autenticidade. Tudo é duplo. Tudo é simulacro. É vão e banal buscar a autenticidade, porque todo mundo se acredita único, enquanto vivemos todos, de uma forma ou de outra, a mesma vida — qual? Ninguém sabe. Ao longo de toda esta vida emprestada, nós amamos, de uma forma ou de outra, uma mesma pessoa — qual? Ninguém sabe.

Tudo é então déjà-vu, mas ignorado ou renegado.

Essa convicção, você não só a defendia com zelo havia algum tempo, como a experimentava intensamente em seu cotidiano familiar, flertes e carreira profissional. Então não foi acaso, mas destino, você trabalhar como técnico comercial em uma empresa chamada Anagramme, que vende aparelhos em acordo com suas ideias: as máquinas de serigrafia têxtil para *reproduzir* as grandes obras de artes plásticas. Você tinha orgulho, orgulho de viver em coerência com sua concepção da vida, inabalável, até encontrar Nuria.

Nuria é, sem dúvida, aquela pessoa que você buscava havia algum tempo, desde o seu nascimento. A original de todas as suas mulheres.

E Rina, então?

Com Rina, a vida é um para o outro. Com Nuria, um pelo outro.

Rina é a encarnação antecipada de Nuria, senão você nunca a teria encontrado. Sim, todas as mulheres que você conheceu, e mesmo aquelas que ainda não conheceu, não passam de avatares, incluindo a primeira mulher de sua vida, sua mãe. Uma fez você nascer, mas a outra o conduziu à fonte de seus desejos, de seu gozo, quiçá de seu renascimento. Foi ela que o desenterrou do cemitério de seus antepassados e fez reviver seu nome de origem, Tamim.

Perto de Nuria, você duplica sua vida, seu mundo, seu destino.

Aí está toda a banalidade que você contará a Nuria, uma vez em Amsterdã.

E por que não a Rina?

Rina, ela conhece o cântico. Sabe tudo de você, suas teorias, errâncias, mas finge ignorar tudo, como a maior parte das mulheres afegãs. Ela se contenta com suas mentiras, interpretando-as como sinais de medo e de apego, e não de covardia.

Mas a realidade é outra. Você não é covarde, mas está cansado. Farto de viver na clandestinidade com aquela a quem você se sentia condenado pela eternidade.

Pequeno, você era intimidado, marginalizado, esquecido pelos grandes da família e repreendido na escola. Com essa vontade infantil de se esconder o tempo todo, ou então de esconder algo, sem razão alguma.

Adolescente, você precisava sufocar todos os desejos púberes diante da família, da sociedade, da religião, da tradição, se refugiando em fantasias solitárias e secretas.

Adulto, você sofria com o silêncio político imposto pelo governo comunista contra o qual você lutava ao lado de jovens da resistência clandestina.

Depois a ameaça, o amor furtivo, o casamento escondido, a fuga clandestina...

Em suma, você tinha se tornado dependente. Um drogado. Viciado no proibido e na clandestinidade.

Inconscientemente, bem entendido. Ao chegar à França, em liberdade total, certamente sentiu falta de viver na sombra. Era algo que lhe faltava sem que você se desse conta, talvez por nostalgia — mesmo se você a detesta — ou hábito. No exílio, nenhum pensamento oculto, nenhuma palavra secreta, nenhum desejo proibido, nenhum engajamento político subterrâneo podem condená-lo. Exceto o adultério. Você considera o adultério uma revolta íntima contra o regime totalitário do monoteísmo conjugal, cujas leis morais sacrossantas o obrigam a viver novamente na clandestinidade, a esconder uma paixão condenável, a manter relações secretas. A tornar-se novamente um traidor.

Esse costume do clandestino faz você acreditar que tem medo da liberdade. "Mesmo se estivesse no Afeganistão, ainda assim acharia um jeito de ser feliz transgredindo o proibido!" Essa observação de seu irmão, um dia, encoraja-o a sair da patologia. Leva-o a retomar mais uma vez o caminho do exílio e, por fim, habitar plenamente sua vida, seus desejos, sua liberdade em Amsterdã, ao lado de Nuria. Sem mais clandestinidade. Sem mais culpa.

Que seja.

Mas essa busca será impossível se você não se separar do que Rina chama, não sem ironia, de sua *banalidade original*, se você continuar a trair suas palavras, se Rina ainda se contentar com as suas mentiras. É preciso lhe dizer tudo, ou recontar. O importante não é que Rina saiba tudo de você, mas que ela ouça você dizer tudo. Não é uma questão de confissão ou declaração, mas o desejo de não mais viver na angústia da mentira.

Você é capaz de dizer tudo?

Você duvida.

Diante de Rina, seu pensamento se cala; as palavras se confundem com o mito de seu passado; perdem-se na moral de sua fábula de casamento; as mentiras se tornam sua fé, sua verdade, na qual você acaba por acreditar.

Então, só resta lhe escrever.

Você vai lhe escrever.

Você vai escrever tudo o que sonhou essa noite na cama, analisou nessa manhã no carro e teorizou no posto de gasolina. Uma carta longa, então. Ou melhor, um manifesto pessoal e conjugal.

De sua maleta, você tira uma folha com o logotipo da Anagramme no topo e espera, caneta suspensa sobre a página branca, o surgimento de palavras indecisas.

6

Mal o carregador de água sai da gruta, o odre cheio de água morna nas costas, e dois jovens gritam para ele. São talibãs; a alguns passos, o cão impede que se aproximem. Armados de kalachnikovs e de um cabo, que serve de chicote, eles parecem, no entanto, intimidados pelo pastor magro. Um deles ameaça:

— Sai daqui, cachorro de merda! — com uma grande pedra na mão.

Mas o velho líder mantém posição, desafiador, até que ele ouve os passos pesados e a voz trêmula do carregador de água.

— O que houve?

O animal então abandona com dignidade os dois jovens e vai degustar as gotas de água que escapam do *mashk*. Os dois soldados de Alá pedem ao carregador de água para ser mais rápido; é um grande dia.

— O emir mulá Omar convocou os fiéis a rezarem durante o dia todo.

Olhando com desespero a ponta do chicote que um dos talibãs tem nas mãos, o carregador de água se afasta a passos largos, numa rapidez de perder o fôlego. Apoiando-se sobre sua bengala, ultrapassa os dois, seguido do cão, ainda de boca aberta para lamber as gotas de água que escorrem do odre a cada passo repentino.

No caminho, os dois talibãs pedem também um gole de água, que ele não pode recusar, claro. Em troca, ele os interroga — enquanto se curvam atrás dele para beber ao mesmo tempo do odre — sobre a particularidade desse dia.
— Graças a Alá — responde um deles —, nossos irmãos puderam demolir ontem as obras dos idólatras kafirs, os Budas de Bâmiyân.
O carregador de água se cala, pensando no comerciante hindu Lâla Bahâri — será que ele vai aguentar? Até ontem de manhã, ele nem acreditava nisso, julgando a ameaça contra as estátuas de Buda uma chantagem política. Em todo caso, é o que ele esperava. Ele queria morrer ao pé do grande Buda, o Vermelho, *Sorkh beut*. Mas eis aqui o grande Buda, morto a seus pés.
Yûsef vai passar para ver Lâla Bahâri em sua loja ao pé da montanha de Kafir Koh, não longe da mesquita. O pobre hindu, ele também deve abrir sua loja ao chamado da reza da madrugada, senão, noventa e nove chicotadas nas costas! Sim, ele também deve servir primeiro os fiéis muçulmanos, antes da aurora.

Chegando ao pé da montanha, Yûsef para, retomando o fôlego e o impulso antes de subir a ladeira. Normalmente, faz uma parada em frente à loja de Lâla Bahâri, compra um cigarro de menta, Salem. Isso esvazia os pulmões, segundo ele, é bom para os asmáticos como ele; daí o nome, Salem, e o ditado: "Mente sã, corpo são."

Lâla Bahâri tentou lhe explicar muitas vezes que Salem não tem nada a ver com a palavra *sâlem*, "são", nem com *salim*, "sensato". Salem designa uma cidade nos Estados Unidos, mas também no sul da Índia, e mesmo uma cidade da Bíblia, antiga Canaã, depois transformada em Jerusalém. Além disso, faz muito mal para a asma. O mentol confere uma impressão falsa, etc.

Com quem Lâla Bahâri está falando?

O que ele, o carregador de água, vai fazer com história, geografia, medicina? Para ele, Salem é sâlem. E basta.

E atualmente lhe faz falta. Enfia a mão nos bolsos. Nada. A loja ainda não está aberta. Arrasado, o hindu com certeza deve ter ficado em casa em estado de choque, desorientado... Ou então está a caminho de Bâmiyân, para rezar e chorar sobre os restos mortais dos Budas.

Yûsef retoma seu caminho, pernas cada vez mais arqueadas, costas cada vez mais curvadas, cabeça cada vez mais enterrada nos ombros. Se não tivesse a bengala, seria uma mula sob o peso do odre. É para isso que servem as duas heranças de seu pai, uma para esmagá-lo, a outra para sustentá-lo. Ainda assim, num tempo glacial como esse, ter um *mashk* cheio de água morna sobre as costas, isso esquenta, diz para se reconfortar.

Ele sobe a ladeira; atrás dele, o cão, atrás do cão, os dois jovens talibãs. Quando chegam bem perto da mesquita, o pequeno rapaz com o balde corre até o carregador de água, mas é logo interrompido pelo mulá:

— Primeiro, a mesquita!

O pequeno implora, é para sua mãe, que acaba de dar à luz uma filha.

O mulá murmura alguma coisa — um verso do Alcorão ou insultos —, volta-se para o carregador de água e lhe dá permissão com um gesto da cabeça. Enquanto Yûsef despeja água no balde, o mulá reclama de ver tão poucos fiéis na mesquita e ordena aos dois jovens soldados que busquem outros, acordando-os e levando-os à força.

— E rápido!

Os dois correm.

Olhando para eles, resmunga em desespero:

— Os russos tentaram em vão nos arrancar a nossa fé durante dez anos, e, paradoxalmente, esses rapazes conseguiram em dez dias!

Yûsef esvazia toda a água do odre no reservatório, e, antes de retomar o caminho da fonte, o mulá o interpela para que o acompanhe à reza. Mas o carregador de água ainda tem sete casas a servir.

— Que eles morram! É o castigo por não terem sede de Alá — retruca o mulá, a quem o carregador de água lembra que as mulheres são obrigadas a fazer a prece em casa. Essa frase faz calar o mulá, que se acalma e levanta a mão, desfiando o terço, fazendo sinal para que ele retorne ao trabalho, ao mesmo tempo que lhe ordena, com discrição, levar água para a sua casa também.

— Esta tarde — promete o carregador de água antes de descer a ladeira, feliz por escapar da reza. Que dádiva! Toda sua gratidão ao céu por oferecer um inverno tão árido e tão clemente para ele, que inclina o mundo, mesmo o mulá, a seus pés inchados e frágeis. Esse mesmo mulá que, antigamente, havia pedido que ele mudasse o nome, pois é uma blasfêmia atribuir o nome do profeta Yûsef a um eunuco.

— Ah, ele vai ver só, o mulá, como esse profeta eunuco vai comer um dia a jovem mulher com quem ele acaba de se casar! — murmura.

Suas pernas, sem descanso há uma eternidade, não podem mais correr como ontem, não há como obrigá-las. Que tomem seu tempo para avançar lentamente na ladeira e transportar água para quem quer e vale a pena.

Primeiro, para a dona da casa, sem dúvida. Mas somente para tomar o café da manhã com Shirine. Levar-lhe pão quente e queijo cru, ou, melhor ainda, *halim*, dos bons, feito pelo primo do mulá, com farinha boa, boa carne de vitelo, pó de canela indiana, invadindo com seu perfume as ruas e as casas. E tão apreciado por ela. Sim, é com esse deleite, tão doce quanto Shirine, que vai acordá-la, se ainda dorme.

Acelera, e seus passos lhe obedecem agora; mas logo é interrompido em seu elã por uma questão que não lhe sai da cabeça há alguns dias, e a qual gostaria em vão de evitar. Mas ela volta, não importa onde esteja, a partir do momento em que pensa em Shirine, fazendo remoer nele pensamentos sombrios, constrangedores. Por que nesses últimos tempos ela leva tanto tempo para acordar? "Uma questão idiota!", acusa-se ele, em silêncio. Ele sabe que ninguém tem vontade de sair do *sandali* nesse tempo, de se arrastar pelas ruas e receber sob qualquer pretexto as chicotadas dos talibãs. Ninguém.

Claro. Mas Shirine não é obrigada a sair. Ela pode fazer a faxina na casa de Nafasgol, preparar o café da manhã, sem sair para comprar pão; e mesmo ficar no quarto, deitada no *sandali*, mas acordada. Ela não precisa fazer nada além de cuidar das pequenas coisas da vida, costurar o edredom rasgado, roto. Ou remendar as meias cheias de buraco do seu cunhado… Como fazia antes. Não é o frio a causa de seu torpor. De jeito nenhum. Nem uma doença qualquer. Senão, ele saberia, de um jeito ou de outro. Então, há outra coisa. Seu marido. Certamente. Ele lhe faz falta, mesmo que ela não fale disso. No entanto,

Yûsef lhe perguntou várias vezes, e sua resposta sempre foi breve e clara, sem equívoco, "Eu me sinto bem". E nada mais. Em seus delírios noturnos, ela nunca pronuncia o nome do marido. Em todo caso, Yûsef não a ouve jamais gritar Soleyman. Nem chorar por ele.

Então, não é seu marido, tampouco, a causa de sua aflição. Há outra coisa além dessa ausência incompreensível; alguma coisa que ele não pode conhecer. Ele sente, apenas. Sente porque vê que ela não tem prazer em mais nada, é cada vez mais silenciosa, mais reservada, magra; quase nem come. No entanto, desde que Yûsef se tornou o homem mais importante e requisitado do bairro, todos os lares lhe oferecem bons pratos. Inclusive ele, agora que ganha bem, compra boas coisas, bom arroz, boa carne, frutas frescas e secas para ela. Roupas também, bonitas e quentes. Sua mãe, se ainda estivesse viva, ficaria estupefata ao ver seu filho gastar tanto dinheiro com a cunhada, já que nunca comprou nada para a mãe. Por outro lado, isso também o surpreende, todos os cuidados que tem com essa mulher há um ano. Sem ela saber. Ele não se reconhece mais nem em seus gestos, nem em suas palavras. Está enfeitiçado; do contrário, não poderia jamais ter ido até a outra ponta da cidade para comprar-lhe um xale de seda bege, bordado com pássaros cinza. Shirine guarda esse xale como um tecido sagrado, para vesti-lo somente às sextas-feiras, ou durante as festas islâmicas. Exceto por essas raras ocasiões, o presente continua pendurado com cuidado na parede, o único ornamento do quarto dos dois, ao alcance da visão dele, Yûsef. O que se passou com ele? Antes, ele a evitava, tratava-a como sua escrava, e pior, como uma carga que o costume e a honra lhe impunham. Sua única missão era velar por sua castidade, para que ela não desonrasse a família, não ficasse a cargo de outra pessoa, incluindo sua própria família, que ninguém a abordasse, debochasse dela... Questão de *nâmous*, honra e orgulho da família.

Ele maldizia seu irmão por lhe deixar uma tarefa como essa. Além disso, Soleyman nem se preocupava tanto. Era-lhe completamente indiferente se ela usava ou não o *tchadari*, ou que um estranho a admirasse. Mas seu irmão não era um impuro, respeitava as palavras de Alá e de seu profeta. Ele mantinha a honra da família.

Pensando na atitude de seu irmão, ele se lembra de que ele não se inquietava muito com questões de *nâmous* relacionadas a ela, sua cunhada, ou à sua própria mãe. Graças a Deus, ele não tinha irmã. A solidão, desde a idade de doze anos, havia lhe tornado selvagem, sem obrigação ou responsabilidade. *Homem de neve*, sua mãe o alcunhava. Presságio estranho. Como se ela soubesse que um dia seu filho iria derreter.

Descendo a ladeira, ele lança um olhar furtivo para a loja, ainda fechada. Ele não tem tempo nem vontade de buscar um Salem em outro lugar, mais longe. Retoma o caminho da fonte, e também o de seu pensamento.

A pequena Shirine não come mais, não fala mais... Se não é por causa da ausência de Soleyman, é necessariamente ou por causa de Lâla Bahâri, ou por causa do "idiota" do marido de Nafasgol, Dawood. É por causa dele, ele tem certeza. Yûsef deveria ter deixado a casa e ido para outro lugar com a cunhada. Ele não aguenta mais que Dawood lance olhares lânguidos e ávidos sobre ela. Vai lhe furar os olhos. Deveria tê-lo matado no dia em que o viu abordar Shirine.

Ele abranda os passos.

As dúvidas recomeçam.

Por que Shirine tinha deixado que ele se aproximasse? Por que tinha ousado lhe dirigir a palavra? Tinha mesmo sorrido para ele. Yûsef se lembra disso e pensa que ela deveria ter baixado os olhos diante de Dawood, se esquivado. Vagabunda! Ele deveria tê-los enterrado vivos, os dois, naquele dia. Até Nafasgol teria ficado feliz. Certamente teria lhe ajudado. Mas por que essa condenada não diz nada a seu marido? No fundo, ela tem medo.

Eles são covardes, sem dignidade, esses cabulis *bénâmous*, todos!

7

Dizer ou não dizer, eis a questão mais existencial de sua cultura de origem. Claro, são muitos os que, como você, preferem mentir, pensando evitar assim o dilema; mas, no fundo, a questão permanece fatídica, e o dilema, insolúvel. Mesmo você, convencido do *já dito*, *já ouvido*, nunca conseguiu se desfazer desse dilema de identidade. A prova? Tentando escrever tudo a Rina, já é a segunda folha que você rabisca e depois rasga. Não sabe mais o que dizer, como dizer, o que dizer... mesmo se acha que tudo o que vai escrever, Rina já conhece. É o *já sabido*.

Contrariado, você se afasta da mesa, pronto para partir, quando a funcionária se aproxima, com uma lixeira ambulante de rodas mal lubrificadas cujo ruído seco e surdo fura seu cérebro, penetra seu pensamento. Sem prestar atenção em você ou pedir permissão, a mulher recolhe os copos e papéis rasgados, olhando de modo furtivo as palavras que você riscou: "Rina, minha covardia triunfa sobre a minha compaixão ao escrever esta carta para você." Ela levanta a cabeça; e, com olhos cansados detrás dos grossos óculos de míope, lança um olhar patético e vai embora, muda, com os restos de papel na mão. Sem dúvida, vai levá-los para casa, lê-los ao marido, parar rir com ele daquela banalidade.

De repente, sua frase parece mais ridícula e vaga do que banal — a banalidade, você sabe bem, é sua obsessão; passa e se apaga quando você diz, mas, quando escreve, ela é ridícula.

Então,

nada de palavras,

nada de voz.

Não dizer nada, o silêncio.

Calar-se não é trair, é manter-se leal ao outro, mais leal do que se esconder atrás de um lirismo vistoso.

Assim você se consola. Mas, ao fechar a maleta, você se sente traído em seu âmago. Traído por você mesmo. Se você não escrever essa carta, dê meia-volta, volte para casa, reencontre sua *banalidade original*, repita a vida de seus antepassados, reviva seus pensamentos e suas palavras.

E seja feliz!

Feliz no eterno retorno à clandestinidade, à angústia das mentiras e de sua vida *já vivida*.

Você tira da maleta uma nova folha com Anagramme no cabeçalho e, tomado por um impulso singular, começa a escrever em sua língua materna. Faz tempo que você não escreve em persa. Mesmo em casa, você só fala em sua língua de exílio, enquanto Rina responde em sua língua de origem. Mas como interpretar essa vontade súbita de escrever em persa? Um gesto astucioso para surpreender Rina? Para que ela não perceba nada, como a funcionária, sobre a banalidade de suas palavras em francês? Ou talvez você queira anunciar essa ruptura em sua língua ancestral, uma maneira de subentender que a história de vocês pertence ao passado, às suas origens?

Rina sabe que você não quer mais se reconhecer nessa língua com a qual você escreve, essa língua que você havia condenado ao silêncio e ao esquecimento desde o exílio. Isso não a impede de dominar até hoje, de uma forma ou de outra, seu pensamento, suas emoções, mesmo quando você escreve em francês. Sua doença de paramnésia é uma consequência, pois o persa é uma língua que canta o imperfeito, na qual tudo pode se repetir à vontade. É uma língua nostálgica, não por causa do exílio, mas, segundo você, em sua essência, em si mesma, por suas regras de bom uso que refletem uma coisa importante: o futuro não tem ali sua própria forma, como em francês. Você não sabe falar do futuro, não somente porque não tem nenhum projeto do amanhã, mas também porque não pode formular gramaticalmente o que fará nos próximos dias. Sua língua e sua vida de exilado não permitem. Em sua cultura ancestral, o futuro se forma com o verbo auxiliar *querer* conjugado no presente, e o verbo principal no passado, na terceira pessoa. Que mistério! Que contradição! Como se, nessa cultura de fatalidade, o futuro não dependesse de nada além da vontade, embora pertença, por sua forma gramatical, ao passado e a um terceiro. Em outras palavras, seu futuro já foi vivido por outra pessoa. Tudo é déjà-vu.

Para escrever a carta, você recorre a essa língua *solene*, segundo sua expressão, enquanto você mesmo está no processo de quebrar todas as pontes com a vida anterior e se jogar no *jamais visto*. Estranho, você tenta fechar o ciclo enterrando o casamento na língua de sua celebração. Contudo, essa não é a razão por que você começou a ler poemas persas recentemente, a ouvir canções afegãs que outrora desprezava. Esse retorno à sua cultura de origem não é tampouco para se arrastar em segredo em direção ao anúncio. Não. Esse retorno tem o dedo de Nuria. De fato, foi ela que, de tanto lhe perguntar e manifestar interesse sobre suas origens, exaltou em você o jogo de sedução pela poesia que atribuiu à sua língua, Deus sabe por quê. Um jogo que você praticava, e tão bem, em sua juventude. E então, por causa de uma carta de separação, você volta a usar, depois de tantos anos, as armas de antigamente. Você não esqueceu que, para evitar as reações previsíveis numa situação como essa, precisa de filosofia e poesia, sabendo, ao mesmo tempo, que é a maneira mais antiquada de se anunciar uma ruptura. Não importa, você decidiu ser mais sedutor do que nunca — eloquente e elegante —, mesmo para deixar sua mulher.

Voltemos à carta.

Você escreve então em persa seus credos.

A vida como um jogo cujas regras você transgride hoje.

A trapaça, como a traição, como a infidelidade, um combate contra a fatalidade que as regras lhe impõem.

Enfim, o encontro com *a mulher original*...

E você escreve.

Depois de inserir o ponto-final, você se pergunta se é mesmo necessário falar de Nuria, como se você tivesse escrito essa carta sem premeditação alguma, tendo, na verdade, pesado cada palavra com cuidado, construído primeiro cada frase na cabeça, medido cada vírgula, cada ponto. Você então falou dela conscientemente. Por que então essa hesitação? Não está cansado de suas tergiversações?

Você relê. Três páginas de um tratado, sem se demorar sobre nada. Surpreso, você não acredita mais em suas palavras persas. Essas ideias, você nunca as tinha exposto em outra língua além do francês.

Em sua língua materna, ganham uma outra dimensão, mais lírica do que prosaica. E menos confusa. Sem dúvida alguma, não é você que se expressa em persa, mas suas origens, seus antepassados. É Tamim, de volta à vida, e não mais Tom, quem escreve. Tom teria redigido a carta em francês. Persuadido de que sua língua de origem não prestava para expressar seus conceitos da vida. Não servia para nada além de contar coisas simples ou poemas. Mas, escrevendo em persa, ele se dá conta de que suas palavras francesas, recém-emprestadas do dicionário, nunca viveram nele. São estrangeiras a seus pensamentos, sentimentos... em exílio em alma afegã, que ele gostaria tanto de travestir em espírito francês. Em vão. Ele parece seu tio perneta que pensava andar, com a prótese, como as pessoas normais. Risivelmente. O avô, sempre ele, comparava-o a esse corvo que, de tanto imitar desajeitadamente o andar da perdiz, acabou por esquecer o próprio andar.

Tom faz o mesmo. Disfarça seu pensamento afegão e se esconde atrás das palavras e dos conceitos franceses. O abismo está ali, no branco entre suas palavras e pensamentos, na distância entre seus dois nomes, no caminho percorrido pelas palavras entre seu espírito e sua mão; ao longo de toda a distância entre Cabul, Paris e Amsterdã, sobre a qual flutua seu corpo de proscrito.

É ali, nesse posto, com a carta nas mãos, que você sente, vinte e cinco anos depois, a vertigem infernal do abismo cavado pelo exílio entre as palavras e os pensamentos.

Silêncio, por um bom tempo.

É necessário jogar tudo fora e reescrever tudo em francês?

Você trairá então suas palavras.

Ainda o dilema! Você não está cansado dessa *sarabanda*?

Sim.

Então, retome a carta. Releia-a uma última vez.

E você lê.

Nenhum erro, aparentemente.

Você coloca a carta sem pressa num envelope com selo, você a enfia na caixa postal do posto.

En route.

E, para viver plenamente essa ruptura radical, você põe o CD de Bob Dylan que Nuria gravou.

One more cup of coffee for the road...

E você canta.

8

Não, Yûsef não pode trair a cunhada. Ele não dirá nenhuma palavra a Nafasgol do que se passa entre Shirine e Dawood; pois ela mandaria Shirine embora, não seu marido. A ele, não se atreveria a dizer nada. Tampouco a Yûsef, de quem precisa. No entanto, não somente ela expulsaria Shirine de casa, como não hesitaria em denunciá-la aos talibãs por adultério, um crime tão profano quanto a blasfêmia. E isso seria o fim. Levariam Shirine ao estádio de Cabul, apedrejando-a.

Suas mãos tremem dentro das luvas, suas pernas em arco se curvam ainda mais, não podem suportar o peso de uma traição como essa. Seus pulmões tampouco: eles se encolhem e não aspiram mais ar. Ele sufoca. Senta sobre um rochedo, busca involuntariamente um Salem em seus bolsos. Em vão. Explora a rua com o olhar, nenhuma loja está aberta por enquanto. Na bruma matinal, distingue apenas algumas silhuetas, puxando um bode a ser sacrificado em frente à mesquita. É preciso. De outro modo, noventa e nove chicotadas nas costas!

Yûsef fica imóvel sobre o rochedo, sem fôlego ou Salem, tentando assumir uma boa postura e respirar lentamente, como o aconselhou Lâla Bahâri. Pelo nariz se os pensamentos forem tranquilos, pela boca se turbulentos, a fim de dominar suas emoções, angústias — causa de sua asma. E, sobretudo, não pensar mais. Não pensar em nada, ninguém.

Impossível.

Ela ainda está lá, Shirine. Sempre com sua mecha rebelde. Por todo lado. Ele não pode se separar disso. Não pode se trair. O tecido de seu pensamento é bordado com a mecha do cabelo de Shirine. De onde vem essa conexão? Não é porque ela é sua cunhada, sua honra, seu *nâmous*. Certamente não. De outro modo, ele, antes de todos os outros, deve apedrejá-la. Ela é outra coisa, além do *nâmous*, além do sagrado. Poderia ele considerá-la uma irmã de leite, uma *hamshira*, com quem teria compartilhado o seio de sua mãe? Talvez. Mas ele que nunca teve irmã não pode conhecer em absoluto a natureza de uma devoção como essa; ainda assim, ele prefere esse afeto fraterno desconhecido ao sentimento tão bizarro e violento que experimenta nesse instante por ela. Como uma *hamshira*, Shirine seria *mahram*, proibida para qualquer outro tipo de ligação; ao mesmo tempo que, segundo a lei do levirato, sendo sua cunhada, ela é *nâ-mahram*, boa para casar um dia. Sem qualquer receio de incesto. Mas como Yûsef poderia substituir seu irmão Soleyman nos braços de Shirine? Ele não ousa nem mesmo imaginar. Seria além do adultério, do incesto. Ele amaldiçoa mais uma vez o irmão.

Ele sufoca.

Respirar agrava sua crise de asma. O suor da angústia na testa gela sob o ar glacial, como sua raiva na respiração. Ele fecha os olhos, retém o fôlego tanto quanto pode, não pensando em nada além do ritmo de seu coração. O coração bate forte, e luta, ele tem a impressão, contra qualquer coisa que não conhece. Ou não ousa conhecer. Nem nomear. Ele aspira somente à calma de seu espírito e coração. Nada mais.

Com esforço, solta o ar.

Levanta-se.

Volta à fonte.

No caminho, não cruza com ninguém. A essa hora, todos os habitantes do bairro estão rezando, exceto ele e seu cão de guarda que o espera no fim da rua.

Diante da garganta da gruta, o cão retoma seu posto; o carregador de água enche seu odre de ar e entra na caverna, com todas as lembranças do irmão.

Nas sextas de manhã, eles iam até ali, os dois, com o pai. Não para buscar água, mas para fazer suas orações antes do chamado à prece do meio-dia. Yûsef amava isso, principalmente quando fazia frio. Mas não seu irmão; ele tinha medo. Levavam-no à força, ele chorava. Uma vez na gruta, sufocava, ou fingia sufocar. O pai lhe dava água, muita água, água benéfica. Nada funcionava. Soleyman regurgitava a água, recebia bofetadas.

A Yûsef, ensinou tudo; para começar, antes de descer à fonte, como encher o odre de ar, para expirá-lo uma vez lá embaixo, onde não há ar; depois, como chegar à fonte sem luz, marcando o caminho com pedras da parede da gruta; como buscar água às cegas, rolando a pedra grande para marcar a passagem labiríntica que conduz à fonte, e enfim como sair dali, subindo por um outro túnel menos inclinado, mais arejado, porém mais longo. Existe aparentemente uma terceira via que seu pai nunca explorou e que proibia a Yûsef.

Sim, tudo foi calculado, refletido, guardado em segredo. Essa fonte era tudo para seu pai. Uma fonte de vida, por causa da qual ele nunca quis deixar o bairro, nem mesmo quando a guerra eclodiu.

Ele reivindicava a fonte como sua propriedade, pois foi ele quem a descobriu. Muito orgulhoso, não vendia essa água.

— Essa água — dizia ele a todo mundo — era água abençoada, do mausoléu Pir-é Bland, um santo muçulmano, um verdadeiro, enterrado no flanco da colina. Daí sua claridade e pureza, sua temperatura morna e suavidade.

Ele levava água para a família em casa. Faziam chá. Ótimos chás, que os convidados apreciavam. Todo mundo o aconselhava a abrir um *tchaykhâna*.

— Vou pensar, vou pensar.

Ele estava ansioso para abrir, sobre a fonte, ao pé do mausoléu, uma bela casa de chás.

Não queria absolutamente que seus filhos seguissem a profissão. Sonhava que eles se tornariam importantes donos de restaurante em Cabul. Ele também os enviou para trabalhar com os vizinhos como ajudantes de cozinha. Soleyman na casa de Najibe *âgha*, Yûsef na casa de *nana* Nafasgol.

Mas ele levou seus sonhos consigo.

Quando morreu, Yûsef e Soleyman eram jovens. Oito e dez anos? Yûsef não sabe, nunca soube a idade; mesmo hoje ignora. Não importa.

Ele se lembra da mãe que dizia que a morte do marido não era um acidente, mas um assassinato. Yûsef não entendia bem sua mãe. Por que um assassinato? O pai não era soldado, nem rico, comunista ou mujahid... Mais tarde, ele entendeu que seu pai exercia uma profissão que somente os homens originários de Shamâli, em particular os kalakânis, poderiam ter o privilégio de exercer. Ele, um Hazara, vindo do vale de Adjar, do lado da barragem de Dragon, não tinha o direito de lhes roubar o ganha-pão. No entanto, apesar das ameaças, ele continuava a carregar sob seus narizes o odre ancestral. Não havia o que fazer. A não ser se livrar dele.

Sua mãe dizia que por essa razão — para que seus filhos não fossem perseguidos pelos kalakânis — o marido havia mudado seus nomes para Soleyman e Yûsef — raro entre os Hazaras —, esquecendo que os traços de sua fisionomia, olhos amendoados e narizes achatados, o trairiam.

Essa lembrança faz Yûsef rir. Um riso amarelo. Ele não gosta muito do que veio depois, um mundo sem os sonhos de seu pai.

No breu absoluto, enchendo o odre, Yûsef se pergunta — como para calar suas lembranças — por que, desde que desce para buscar água, nunca teve vontade de ver o lugar. Como é a fonte? Sua profundidade, cor? De tempos em tempos, no fundo das águas, brilham algumas pedras luminosas que não se devem buscar. Estão nas profundezas, são fugidias. De outra forma, Yûsef teria levado algumas para Shirine. São belas e raras. Quando Yûsef pega uma nas mãos, contempla por um bom tempo esse espetáculo mágico de pedras brilhantes, até que não reste mais ar nem nos pulmões, nem no odre. Ele não vê nada mais na fonte. Não é curiosidade que lhe falta, mas audácia, sufocada por seu pai, que sempre o fazia vigilante contra o espírito da fonte, proibindo-o de acender o fogo: "A chama consome o ar e o calor seca a fonte." Ele dizia também: "A fonte é o olho da terra; ela nos vê se a contemplamos na luz e guardará nossa imagem em suas profundezas sombrias, chamando nosso nome."

9

Você devia ter trocado as palhetas dos limpadores. Estão cansadas, penam para varrer a água que cai abundante sobre o para-brisa. Você tem a impressão de dirigir num aquário gigantesco.

A imagem o encanta; lembra-lhe os gritos de alegria de Lola, aos seis anos, nariz colado na janela:

— Papai, está chovendo. Olhe! Nós somos peixes, falamos sem voz.

Depois de abrir e fechar seus pequenos lábios várias vezes, ela lhe pergunta:

— Agora, diga o que eu disse.

E você, conhecendo seu jogo, responde com duas palavras persas, *"Toshna-stom"*, que ela conhece, para dizer:

— Estou com sede.

Mas ali, hoje, essas águas turvam perigosamente sua visão. Você precisa se concentrar na estrada e, a todo custo, evitar dirigir atrás dos caminhões. Não deve pensar em nada além da estrada, mesmo se tiver mil e uma coisas a pôr em ordem na cabeça antes de ver Nuria, amanhã.

Impossível.

Existe uma imagem, uma outra que, como as águas sobre o vidro, não pode ser varrida da tela do seu espírito. Uma imagem que o inquieta: a de Rina, quando receber sua carta amanhã. Impossível imaginar, sendo ela tão imprevisível em sua aparência sábia e estoica. Àqueles que a definem como um galho seco de madeira, ela diz que precisam tomar cuidado, pois pega fogo facilmente. Àqueles que a designam como um pedaço de gelo, declara que é capaz de derreter de uma hora para a outra. Mas você não saberia dizer, nem mesmo depois de algumas décadas juntos, o que poderia inflamá-la ou derretê-la. Ela poderia, depois de ler a carta, simplesmente afirmar: "Tudo passa", dar um longo suspiro e nada mais. Ou rasgar as folhas gritando e quebrando tudo que estiver ao seu alcance.

A sorte está lançada, não há mais volta. A vida é como a água, segundo um ditado que sua mãe repetia com frequência. Corre no sentido da ladeira e não deve ser revertida, senão levará você com ela ou estagnará.

Deixe-se então levar em direção à Holanda. Rina ficará onde está. Ela não gosta de queimar nem de derreter. Vai se contentar com o que lhe resta: a filha, o apartamento, as pequenas coisas da vida, e é tudo. Como normalmente, não trabalhará fora de casa, mas fará *baby-sitting* a domicílio. Tem muita habilidade com os pequenos.

— Com eles — diz ela — aprendo a acreditar no mundo.

Ela não sairá mais com suas poucas amigas.

— Com elas, perco toda a confiança em mim mesma.

Vai se consagrar inteiramente à educação da filha e à leitura da história natural, sem perder um só programa sobre animais na televisão:

— Os animais ensinam muito sobre os homens.

Nada mais.

E se ela derreter ou queimar?

Sua visão se torna opaca e líquida, como a água sobre o para-brisa. Você acredita que toda essa água que cai é ela, Rina, a torrencial. Essa água o levará. Sua mãe não lhe dizia que todas as águas do mundo têm como fonte o olho de uma mulher? Em sua língua materna, as duas palavras, olho e fonte, têm a mesma origem, *tchashm* e *tchashma*!

Um velho caminhão-tanque muda de faixa para ultrapassar, a toda velocidade, uma pobre caminhonete, e projeta toda a água sobre seu para-brisa. Você volta a se preocupar com a direção. Desacelera. Segue por alguns quilômetros, tentando varrer todos os seus pensamentos embaçados e se concentrar de novo na estrada. Em vão. As palavras de sua mãe mergulham você novamente na fonte profunda da vida. Você as havia esquecido, já que estavam ligadas à imagem que você guarda dela. Contrariamente àquilo que dizia, ninguém nunca a tinha visto chorar, de tristeza, alegria ou dor, nem mesmo no dia em que você, seu jovem filho de dezenove anos, partiu sozinho e clandestinamente para o exílio. Ou na morte do marido. Nem sequer mais tarde, quando o médico lhe disse para começar a se despedir das pessoas mais próximas...

Todo seu *tchashma* tinha secado.

Sua garganta se fecha.

O ar do carro se tornou irrespirável. Você baixa o vidro, recebe um balde de chuva no rosto, fecha rapidamente a janela e diminui a temperatura do aquecedor, é preciso ainda esquecer tudo por algumas horas. Mas a imagem de sua mãe persiste; uma imagem vaga, desbotada, trêmula, como se saída das profundezas de águas turvas depois de dez anos de afogamento. O rosto estoico. Uma bela máscara que escondia aquela verdadeira beleza, como se fosse protegê-la. Ela era bela quando vista em todos os detalhes. Mas seu olhar seco e fugidio não permitia a ninguém observá-la por muito tempo. Ela não gostava de ser olhada. Você nunca tinha entendido por quê. Teria vergonha de sua beleza? Mesmo a doença, você acreditava ter como causa a viuvez. Muito jovem, havia perdido o marido, afogado nas profundezas do lago glacial de Bandé Amir, acompanhando um grupo de turistas nos vales de Bâmiyân. As duas crianças ficaram sob os cuidados da mulher. Você, o mais jovem, tinha só seis anos; não entendia muita coisa. A seus olhos, a morte do seu pai não passava de um jogo de esconde-esconde.

Daquele momento em que viu o corpo deformado de seu pai, você não guardou nada além dos olhos vazios e os lábios selados de sua mãe, ao passo que todos que estavam ao redor, tios, tias, avós, não deixaram de manifestar ostensivamente o luto, em gritos e lágrimas. Mesmo depois do luto, sua mãe tinha continuado a viver como se nada tivesse acontecido; ela não queria mudar nada em sua vida. Mas teve que trabalhar duas ou três vezes mais do que antes e nunca se queixou. Da mesma forma, nos instantes de euforia e festa, você nunca a viu se alegrar. O riso teria lhe tirado a máscara, estragado a graça de seu rosto. Teria ela plena consciência da própria beleza? Ela, no entanto, não a realçava nunca com maquiagem. Mesmo quando foi nomeada Mãe do Ano, subiu ao palco da cerimônia vestida com seus trajes do dia a dia — mas com elegância inata. Mesmo ali, você não a achou alegre como esperado. Proferiu algumas palavras simples e convencionais, e só. Se tivesse ficado em Cabul, não teria jamais reclamado de usar o *tchadari*; ao contrário, teria mesmo ficado feliz em melhor esconder seu rosto que perturbava todo mundo, inclusive os filhos, sobretudo você, o mais amado. Depois da morte dela, você fez de tudo para esquecer essa máscara, inventando mil e uma expressões que teria desejado ver em seu rosto.

Se ela ainda vivesse, você não ousaria abandonar Rina. Um simples olhar dela, sem qualquer expressão, seria suficiente para que você renunciasse à ideia que qualificaria em sua língua como *nâ-jawanmardi*, termo impossível de traduzir de outra forma além da negação de todos os valores nobres e sonhados em sua cultura — a virilidade, a juventude, a cortesia, a generosidade, o caráter de um cavalheiro...

Em qual momento de sua vida você acreditou em *jawanmardi*? Nunca! E você nunca voltará para Rina para fazer triunfar um valor como esse.

Você acelera, como se para se precipitar no fluxo das lágrimas.

10

Yûsef deveria ter mudado de odre. Ou remendado. Está mole, com buracos por todos os lados, para a felicidade do cão que corre sempre atrás do carregador de água, deleitando-se ainda com cada gota de água límpida e doce. Deixem o odre! Yûsef deveria ter mudado de profissão, quiçá de vida, fazer qualquer coisa menos carregar água. Mas, como dizia sua mãe, "não presta para nada". Não frequentou nenhuma escola ou mesquita para aprender a ler e escrever. Não sabe nem mesmo o Alcorão de cor. Felizmente, regozija-se, senão precisaria uivar da manhã até a noite ao lado dos talibãs!

Uma vez murmuradas essas palavras, Yûsef para, olha à direita e à esquerda por medo de ter sido ouvido, mesmo se fala apenas para si próprio. Nunca se sabe. Nessa cidade de condenados e possuídos, há aqueles capazes de perceber todas as vozes interiores, sobretudo aquelas que carregam pensamentos profanos. Que Alá, o Misericordioso, o perdoe! Que ele cace Satã que se apodera de Yûsef. Yûsef é inocente, um iletrado, que não sabe distinguir a palavra de Alá da de Shaitan.

Para não cair mais em pensamentos satânicos, ele conta. Os números, ele os conhece, sobretudo quando se trata de calcular a soma recolhida em tempos de seca, ou de contar os rastros de seus passos sobre essa terra glacial.

Depois de contar trezentos e cinquenta e seis, ele chega à casa de Najib, bate à porta metálica que, como há dois dias, abre sozinha, deixando escapar um chiado. O pátio ainda está vazio, se ignorarmos as duas galinhas magras, cabeças sempre enterradas em buracos e, na falta de grãos, provavelmente bicando formigas adormecidas no ninho invernal.

A varanda está tão vazia quanto anteontem. Normalmente, a essa hora, Najib se refugia em sua gaiola de vidro. Rodeado de livros, olhar perdido nos cadernos de seus alunos, sorve tranquilamente o chá-verde. Com o barulho dos passos de Yûsef, levanta a cabeça, depois tira seus óculos para acolhê-lo com um suspiro, perguntando-lhe, como toda vez, sobre a colheita de suas pegadas. Pois, segundo a lenda que ele havia lhe contado, os rastros de cada homem são espalhados sobre a terra em seu nascimento. E o homem, a partir do dia em que começa a andar, colhe-os a cada passo, até o dia em que colhe o último, e é o fim, a morte.

Quando Najib lhe havia murmurado esse pensamento fúnebre, o carregador de água, durante algum tempo, contou seus passos de maneira obsessiva, caminhando a passadas largas a fim de economizá-los. E, de tempos em tempos, ao voltar de algum lugar, tentava fazer o mesmo caminho da ida, para cobrir as pegadas que havia deixado. Mas não era fácil; era necessário lembrá-los, reconhecê-los, e, para isso, não somente Yûsef examinava constantemente o solo, como devia também calçar *kalawsks* ou botas cujas pegadas são visíveis e fáceis de distinguir das outras. Ele esquecia para onde estava indo, se perdia no meio do caminho, tão concentrado que estava em seus passos. A cada um deles, ele se perguntava se não seria o anterior. Rapidamente, abandonou essa obsessão, sem nada dizer a Najib; entrega-lhe números mentirosos, e sempre mais importantes, cem mil passos, duzentos mil, trezentos mil, como se, conforme Najib, tivesse pressa de terminar de percorrer todos os seus rastros.

Hoje, como anteontem, Yûsef não tem uma nova contagem a entregar. Najib ainda está ausente. Talvez ainda não tenha acordado. Mas a porta aberta há dois dias é suspeita.

Teria ido embora, ele também? Ele que, como Lâla Bahâri, não queria nunca deixar o país, mandando a família ao Tadjiquistão. Ele dizia que era aqui, em Cabul, que daria seu passo final. No exílio, ele perdia seus rastros; a morte seria um acaso; sua alma vagaria sem descanso em busca das marcas de seu corpo. Ele dizia também que era sobre essa terra que mesmo os grandes conquistadores tinham vindo colher a última etapa de seus feitos.

"Desde que Najib não ache a sua", espera ele, gritando:

— Najibe *âgha*.

Sua voz ressoa no vazio, fixa somente as galinhas que param de picar e perde-se na seca do jardim, sem resposta. Os talibãs teriam vindo buscar Najib, levando-o sob chicotadas à mesquita, onde ele estaria rezando. Ele, rezando? Yûsef ri baixo, tem dificuldade de imaginar Najib entregando-se ao *namâz*[3] atrás do mulá, com quem teve discussões veementes inúmeras vezes.

Em direção à entrada, seu olhar penetra os vidros e os cantos sombrios da casa em busca da silhueta fina de Najib. Nenhuma sombra. Nenhum sinal. Ele corre até a cozinha, e lá também não há nada. Nenhuma presença. Ele chama mais uma vez, mais forte:

— Najibe *âgha*!

Esforço em vão. Ele abre a tampa de uma tigela, ainda está cheia, mas gelada. Nenhuma gota de água foi consumida desde anteontem. Sobre a mesa da cozinha, ele encontra migalhas de pão, o prato de arroz apenas iniciado, a xícara vazia, as colheres e garfos sujos — como estavam havia dois dias —, a chaleira com chá-verde pela metade, gelado também. Tudo parece ter servido Najib antes de ser largado, às pressas. Tudo parece abandonado, triste,

---

3. Prece ritual. [N.T.]

lamentando a ausência do mestre. Esse estado de coisas o inquieta, essas coisas sem alma que comunicam seu abandono, sua espera, lassitude, ele as sente no fundo de si mesmo. Essa solidão das coisas reflete o estado de Shirine, que ele não pode descrever nem nomear. Ela está cansada, Shirine. Cansada de ter sido abandonada e de esperar.

Essa tristeza e essa solidão que enchem a ausência de Najib se apoderam de Yûsef igualmente. "Que Alá o proteja onde estiver", ele apela. Ele ama esse homem; também foi ele que ajudou seu irmão Soleyman a se tornar motorista do pai e depois de ônibus, contrariando os sonhos do pai de Yûsef.

De tanto rodar atrás de um volante, Soleyman não deve ter reencontrado muitos de seus rastros sobre a terra. Ele devia então estar vivo ainda, vagando em terras cujo solo não conhecia. Então é hora de voltar. Reencontrar sua mulher que o espera. E libertar Yûsef que não gosta nada de se lamentar à espera do irmão. Durante muitos anos, ele não esperou por ninguém nem esperaram por ele. Sentia-se sem laços, obrigações. Era livre. Mas ei-lo agora, um homem aguardado por todos os habitantes do bairro e por Shirine. É um homem amarrado por todos os lados — ligado ao seu odre e à mecha de cabelo de sua cunhada.

Num estado tão triste quanto o da cozinha, ele não sabe o que fazer da água que trouxe para Najib, pela qual foi pago antecipadamente. Saindo no pátio, sente pena ao ver as duas galinhas magrelas que o esperam em frente à porta. Pousa seu odre e sua bengala num canto, volta à cozinha para buscar o prato de arroz e os pedaços de pão, e uma xícara na qual verte um pouco de água do odre. As galinhas se jogam sobre ela como animais selvagens.

Então ele fecha todas as portas da casa. Odre nas costas, bengala à mão, retoma seu caminho, cabeça baixa, olhar perdido no chão, evitando buscar os rastros de seus passos.

11

"Não atravesse o vale do amor se não tiver um coração de leão" é a advertência de um cântico de amor afegão. Seu vale do amor é essa estrada que você percorre. Do jeito que você ama, ou melhor, amava, plana, direta, sem imprevisto, erosão, recuo ou desvio. Sem desfiladeiro. Nem mesmo um vale. Mas uma estrada que você percorre há três anos; no começo uma vez, depois duas e, nesses últimos tempos, três vezes por semana. Esse *vale*, você o marcou com as suas próprias referências. Você conhece todos os cantos e recantos, todos os postos, restaurantes, cardápios. E, até mesmo, alguns caminhoneiros. Considerando seus gastos com hotel e restaurante, teria sido mais vantajoso para a empresa Anagramme, e menos cansativo para você, instalá-lo em Amsterdã. Mas você sempre recusou. "Não, obrigado, a família não quer." Mentira! Era sua escolha. Você adorava viajar sozinho, ou, melhor dizendo, solteiro, para conhecer novas pessoas, passar a noite com garotas no Bairro Vermelho. De tempos em tempos, dar carona a uma mulher, como um caminhoneiro. Sem constrangimentos. Sem preocupações. Você não esperava que um dia, sobre essa via tranquila e evidente, encontraria um cartaz indicando o desvio para uma vida *jamais vivida*. Foi nesse vale plano, em um dos acessos para a autoestrada do Norte, que você leu "ams-terdã por favor!!!", em vermelho, em um cartaz sacudido pela silhueta fina da jovem Nuria.

Nesse dia, greve geral na França. Nada de trens ou aviões. Em Paris para o fim de semana, Nuria precisava voltar para casa. Sem hesitar, você a deixou entrar no carro. De uma juventude cheia de graça, ela se sentou no banco traseiro, dizendo que, assim, vocês dois evitariam um torcicolo. Na verdade, era para se deitar. Desestabilizado por sua desenvoltura e audácia, você ficou muito tempo em silêncio, olhando-a sem parar pelo retrovisor. E, de repente, a paramnésia. Você revivia a situação, você conhecia essa jovem morena a quem perguntava por que havia escrito Amsterdã com três pontos de exclamação. E ela respondia num francês impecável, e desejável, com seu sotaque holandês, "Para me verem e escutarem".

— Não era necessário — você lhe disse —, eu teria parado, mesmo sem exclamação.

Ela riu, antes de cair de novo no silêncio.

Você não escondeu a ambição de seduzi-la; ao contrário. Os dados estavam lançados, cartas na mesa. Era pegar ou largar.

Sim, de tudo isso, você tinha impressão de se lembrar; como se revivesse a situação. Você existia uma segunda vez, no presente de um passado desconhecido. Sua lembrança era o presente vivido. Você não podia então predizer nada. Você se lembrava de perguntar mais uma vez de onde vinha. Ela respondeu que era de origem catalã.

Você ficou surpreso ao escutar uma catalã sem sotaque catalão. Ela se justificou contando sobre a infância.

— Quando eu era bem pequena, minha mãe me abandonou em Amsterdã, eu era uma criança bastarda — explicou ela sem complexo, sem tristeza. Já você afundou num tipo de perturbação, que o incitava a querer conhecê-la melhor.

Queria saber o que ela fazia da vida.

— Estudante na escola de belas-artes de Amsterdã, atualmente estagiária em restauração de obras de arte no museu Rembrandt.

— Impressionante! Jovem, apaixonada e já cirurgiã estética dos mestres — você acrescentou num gracejo. Ela sorriu, retificando:

— Auxiliar dos mestres estetas, por favor! — Ela foi breve na apresentação, volúvel e esquiva. — Agora, você!

Ela lhe pediu, inclinando-se para a frente, os braços em volta do banco do passageiro. Você retomou o ar sério, como para se apresentar a um futuro cliente:

— Técnico comercial em uma empresa de distribuição de máquinas de serigrafia têxtil.

— E o que faz em Amsterdã?

— Meu conhecimento das línguas, o alemão e o inglês, me permitiu cuidar dos clientes na Holanda.

— Tem muitos?
— Clientes? Três na Holanda e quatro na Bélgica e na Alemanha. Eu negocio também com os museus a aquisição dos direitos de reprodução dos quadros.
— Então você é o responsável pela vulgarização das grandes obras?
— Eu diria a democratização das obras.
— Sim, claro, nas caixas de chocolate, potes de iogurte. Deformando-as.
— Deformando? Jamais. Nossas máquinas reproduzem à perfeição.
— Perfeitamente de maneira infiel. Não reconhecemos mais nem as cores exatas, nem as manchas e traços dos grandes mestres. A obra original não existe mais.

Ela oferecia, assim, a ocasião de expor suas convicções sobre o tema:

— De toda forma, os pintores também reproduzem o mundo.
— Mas como o enxergam! Não importa. Você é crente?

Uma questão simples para dizer que o fundo de seu pensamento era religioso. Você respondeu "não". Ela se calou, deixando-o continuar com paixão.

Depois de alguns quilômetros de discurso, ela perguntou de onde vinha. Como sempre, você recusava desde o princípio sua identidade francesa, sabendo que o leve sotaque decerto o trairia, principalmente quando você deixava o outro entrar num jogo de adivinhação, apoiando-se ainda mais sobre suas cordas vocais. Aquela ou aquele que não descobrisse suas origens devia lhe oferecer um drinque. Mas Nuria, sem hesitação alguma, afirmou de repente: "Afegão!" Aturdido, você quase largou os pedais e transmitiu ao carro seu tremor interior, praticamente a lançando sobre o banco dianteiro e contra o para-brisa.

Com um sorriso malandro no canto dos lábios, que marcava covinhas deliciosas nas bochechas, ela disse que era uma brincadeira, com a intenção de perder totalmente no jogo. Mas você, em vez de insistir sobre essa vontade de perder, um objetivo bem intrigante e malicioso, perguntou:

— Por que afegão? Por que não chinês? Ou africano?...
— Eu não queria sacanear você, apesar do que parece.
Você insistiu. Mas ela o interrompeu.
— Foi só fantasia. — Uma pausa. — Ou sonho.

Cabia a você convidá-la, mas não para um café na estrada. Como havia adivinhado na primeira tentativa, merecia uma boa taça de vinho, num bom lugar que você conhecia em Amsterdã, o Bord d'eau. Nuria riu, tinha trabalhado lá algum tempo, durante as férias; depois caiu num longo silêncio carregado — um silêncio de uns cinquenta quilômetros. Durante todo esse tempo, você se pôs a pensar em como a jovem tinha descoberto suas origens tão rapidamente. Seu rosto? Mas como ela poderia reconhecer um rosto afegão? Aliás, com que se parece um afegão?

— Na verdade, com todo mundo — disse ela.

— Neste país de desgraçados, temos rostos mongóis, indianos, gregos, turcos...

— E você, você tem um perfil retilíneo, belas mandíbulas largas, narinas graciosamente abertas, cabelos castanhos escassos e sedosos, olhos amendoados, vivos, cor de mel âmbar, você parece mais um bretão do que um afegão...

— Que deve se parecer com um talibã, moreno, barbudo, olhos desenhados em *khôl*, o olhar penetrante. É isso?

— Exatamente.

— Que descrição precisa!

— Estudei muito as fisionomias para fazer retratos.

Você a observava de maneira furtiva, na esperança de descobrir um sinal, um gesto que pudesse traí-la. A seguir, deixou seu olhar varrer o interior do carro em busca do menor sinal que revelasse imediatamente suas origens. Nada. Exceto seu sotaque. Sem dúvida. E sua retórica afegã.

Neste caso, ela deveria conhecer sua língua, sua cultura, seus compatriotas.

— Você conhece outros afegãos?

— Não, mas eu os vi e ouvi muito.

Não havia mais dúvida. Você vivia certamente alguma coisa já vivida. Pois ela adivinhava sem dificuldade suas origens. Vocês haviam se encontrado, se conhecido bem antes desse dia. Nessa mesma estrada, nas mesmas circunstâncias. Em nenhum outro lugar. Não num restaurante de Amsterdã, nem atrás de uma vitrine vermelha. Você tinha certeza.

Mas por que ela não se lembrava desse encontro como você? Ainda uma suspeita.

Para ter certeza, você lhe perguntou se não tinham se encontrado antes. Ela olhou para você misteriosamente e, levantando as sobrancelhas, disse que não, seguido de um sorriso para zombar de seu flerte...

E você, retomando o controle:

— Conhece o Afeganistão?

— Ainda não; mas, por causa de meu trabalho junto às jovens oprimidas, interesso-me muito pelas condições das mulheres afegãs — disse ela, muito curiosa em saber o que você pensava dos talibãs. Uma questão habitual para um afegão, à qual você dava sua resposta habitual:

— É a história de um oleoduto que deve atravessar todo o país para levar o petróleo da Ásia Central ao Paquistão. Mais um jogo dos Estados Unidos e seus aliados.

— Claro, ouço muito essa resposta. Esse jogo econômico é o mesmo no mundo todo. E então?

— E então o quê?

— Será que vocês, afegãos, também não são responsáveis de algum jeito? Por que buscar causas geopolíticas e disputas internacionais para justificar as misérias e as desgraças de um povo, sem questionar suas falhas, ingenuidade, obsessões?

Você tentou raciocinar como todos os afegãos:

— Não se deve esquecer que a chegada desses talibãs ao poder é consequência da guerra civil no país, mas também da guerra desastrosa contra os soviéticos...

— E então?

— Então o quê?

Ela não parava de lhe perguntar: "E então? E então?", o que acabou por irritá-lo. Aonde ela queria chegar? O que esperava ouvir? Então você disse:

— Faz um tempo que cortei os laços com a minha terra natal. Construí minha vida no exílio, na França. Mas toda minha família vive na Alemanha...

— Então?

Ainda irritado com essas perguntas breves e insólitas, você asseverou:

— Quero viver livre e feliz. Passei mais anos longe do meu país do que nele. Sinto-me mais francês do que afegão...

— Eu entendo, eu entendo — repetia ela, apoiando-se sobre o "eu", de forma incômoda, como se Rina estivesse ali, a seu lado. Seu olhar desconfiado pousou por um momento sobre ela, esquecendo que dirigia, ainda abalado por essa mulher já vista que, no entanto, continuava desconhecida.

Sorriso malandro no canto dos lábios, ela lhe aconselhou, sem se virar para você, olhar a estrada à frente, não ela. Depois, o silêncio. Ela queria dormir, deixando-o voltar aos seus sonhos do mundo já vivido.

12

"As mulheres virtuosas são obedientes e protegem aquilo que deve ser protegido, na ausência de seu marido, com a proteção de Alá", diz um verso do Alcorão que o mulá não para de repetir. "Mas o que Shirine protege? O que Soleyman poderia ter deixado? Dinheiro? Joias?", pergunta-se Yûsef, vasculhando na memória as coisas de Shirine para encontrar o que poderia proteger. Nada. Assim, ele reflete um momento antes de bater à porta de uma grande casa, com muros altos que não deixam penetrar nenhum olhar. É a mansão do mulá. A porta está sempre bem fechada. Se ele ou seu filho não estão, nem mesmo o irmão pode entrar. Ninguém conhece sua nova esposa, com quem se casou discretamente há apenas seis meses. Ele esperou um ano para se casar com ela. Um ano depois da morte de sua primeira mulher. A esposa atual deve ser bela e jovem. Por isso a esconde? Ou porque deve velar sobre aquilo que o mulá deixa em casa?

Ninguém vem abrir a portinhola para Yûsef. Seus golpes à porta, como seus questionamentos, ficam sem resposta. Ele retoma então o caminho da quarta casa, do sufi Hafez, um poeta que havia se calado com a chegada dos mujaidines. De repente, sem voz. Sua mulher diz que ele sofre com a afasia. É falso. Ela esconde a verdade. Yûsef sabe. Ele ouve o sufi recitar poesias de tempos em tempos, murmurando. Mas nunca na frente dos outros. Ele lhes responde por meio de poemas escritos. Assim, ninguém vem incomodá-lo. Sobretudo os talibãs, que não podem nem lê-lo, nem compreendê-lo. Ele é astuto, o sufi Hafez, mas benevolente, sobretudo no que diz respeito a Yûsef e Shirine, que vêm lavar a roupa de vez em quando.

Antes do seu silêncio, ele chamava o carregador de água de um nome estranho, Sísifo, e não Yûsef. Ele lhe perguntava qual pecado teria cometido para que Alá o condenasse a encher e esvaziar seu odre de água eternamente, no flanco da montanha de Kafir Koh. Yûsef, que não entendia nada da história de seu apelido, balançava a cabeça e dizia não ter pecado! O sufi ria, porque tinha sido ele mesmo a soprar a resposta a Yûsef.

Em frente à porta da casa, seus netos brincam, e quando notam a silhueta curvada do carregador de água, gritam, eles também:

— *Bâbâ* Sísifo! *Bâbâ* Sísifo!...

E ele retifica:

— Não. YÛSEF! YÛSEF!...

De nada adianta. Ele entra na casa, busca com os olhos a sombra do sufi Hafez. Ele está ao fundo do corredor e se aproxima dele furtivamente. Faz um sinal para Yûsef segui-lo até a cozinha, onde, sob o zumbido do gerador, sua voz perdida se eleva, perguntando por que Shirine não vem mais.

— Ela está doente?

Yûsef, fingindo surpresa, diz: "sim", despejando água nos jarros. Hafez lhe estende dinheiro para levar Shirine ao médico. Mas Yûsef, incomodado, agradece e recusa. Observando seu estranho estado, o sufi Hafez o convida a tomar um chá em seu escritório. Yûsef, cansado, a barriga vazia, está inclinado a aceitar. Mas, no fundo, gostaria de falar com ele. Falar de Shirine. De seu estado, seu desgosto com tudo, seu silêncio diurno e algazarra noturna.

Depois de ouvir o carregador de água, o sufi fica em silêncio. Então, entre dois goles, diz poder compreendê-la, ele mesmo não quer mais ver nem falar com os outros. "Shirine deve conhecer o segredo da fuga de Soleyman", pensa Yûsef, antes de perguntar ao sufi Hafez o que significa esse versículo do Alcorão com o qual o mulá bate em suas orelhas.

— Está no capítulo 4, versículo 34 — responde o sufi com uma voz sábia. Ele mergulha um torrão de açúcar no chá antes de levá-lo à boca. Depois de um gole, recita primeiro o versículo em árabe, então o traduz para o persa: — Os homens têm autoridade sobre as mulheres, por causa dos favores que Alá lhes concede sobre aquelas, e também devido ao fato de os homens disponibiliza-rem seus bens. As mulheres virtuosas são obedientes e protegem aquilo que deve ser protegido, na ausência do marido, com a proteção de Alá. Quanto àquelas de quem você teme a desobediência, expulse-as, afaste-se delas na cama e bata nelas. Se elas acabam por lhe obedecer, não busque mais nenhum caminho contra elas, pois Alá é Grande e Todo-Poderoso!

O carregador de água fica com o olhar perdido na barba branca do sufi Hafez que continua:

— Efetivamente, é um versículo bem controverso. Permite a algumas pessoas, como o mulá, justificar o comportamento com suas esposas. Esqueça tudo, guarde somente esta frase: "As mulheres (...) protegem aquilo que deve ser protegido", que podemos traduzir corretamente e interpretar de outra forma: As mulheres são guardiãs daquilo que está escondido. E aquilo que está escondido não é o tesouro de seu marido. De jeito nenhum! A mulher guarda o segredo da Criação, a Verdade divina e humana, como *bibi* Maryam. Você entende?

Yûsef não responde. Não apenas porque não entende nada do que o sufi tenta lhe revelar, mas porque está em outro lugar, perto de Shirine. Ela não tem nada de Soleyman nem dele para proteger. Aquilo que ela protege e esconde não é senão seu próprio segredo. Não é aquele de seu marido, tampouco o da Criação. Ela é livre de tudo isso. Eis por que Alá não a protege nem contra Dawood, nem contra os talibãs.

— Mas, na realidade, cada ser humano, homem ou mulher, cada animal, cada gota d'água, guarda o segredo da Criação — continua o sufi Hafez, despejando chá na xícara meio cheia de Yûsef, para aproximá-lo de si. — Você também, *bâbâ* Sísifo, você é carregador de um segredo. Seu odre está cheio deles!

E ele ri.

— Mas como assim, segredo? — pergunta Yûsef, perdido no pensamento do sufi.

— Se eu soubesse — retruca Hafez — não estaria aqui.

Um gole de chá.

— Alguns dirão que você vai conhecê-lo depois da morte; outros pedirão para você buscar bem dentro de si. Um grande pensador dos países do Poente contará para você a história de um homem que gritava por toda parte possuir um grande segredo que ele não revelaria antes do fim de sua vida. Mas ele morre acidentalmente sem nada dizer. Na verdade, seu grande segredo é que não tinha nenhum! — Uma pausa, um olhar, depois a moral da história. — Na verdade, nosso grande segredo se esconde nesse Nada.

Silêncio novamente, para que as palavras encontrem seu lugar no espírito de Yûsef.

— Não importa esse segredo — conclui, e depois de um suspiro profundo, toma a mão de Yûsef para lhe dizer: — Bom, chega de pensar! Voltemos a Shirine, o que ela tem?

A questão desconcerta Yûsef. Confuso, ele balbucia:

— Shirine? Eu... Eu não sei. — Seu olhar se perde nas estampas labirínticas do tapete. — É um mistério para mim o que ela tem.

— Ela tem provavelmente alguma coisa que não é capaz de nomear, expressar. Você sabe, essa também é a base do segredo, o inominável. É por isso que tudo que não podemos nomear, consideramos secreto e sagrado, e estamos dispostos a sacrificar tudo por isso. Daí a violência que acomete esta terra de ignorantes.

Essas palavras atingem diretamente o coração de Yûsef. Aos poucos, ele começa a entender a raiva que sente pela cunhada. Mas não diz nada ao sufi Hafez, ele o deixa continuar.

— Traga Shirine aqui, minha mulher e eu falaremos com ela. Não se preocupe.

Yûsef balança a cabeça em consentimento e se levanta para sair. Enquanto o sufi Hafez o acompanha no corredor, ele interrompe para pedir:

— Agora que conhece meu segredo, deve guardá-lo no fundo de si.

— Seu segredo?... Qual?

— Minha voz.

Yûsef sorri colocando a mão sobre o coração.

— Você tem minha palavra.

— E não esqueça uma coisa: se alguém lhe confia seu segredo, é para possuí-lo! — diz Hafez com um riso quase diabólico. Yûsef deixa a casa, assombrado pela voz do sufi.

Descendo em direção à fonte, ele se pergunta se não é ele, o sufi Hafez, que possui os sonhos de Shirine.

13

Você tem fome.

E não vai mais uma vez comer na estrada; basta desses lanches nojentos. Esperar um pouco, duas horas ou menos, chegar a Amsterdã, procurar Nuria, levá-la ao restaurante mais elegante da cidade. É preciso comemorar o evento.

No Garlic King. Ela ama esse restaurante, pelo perfume de sua cozinha, cuja particularidade é utilizar alho inclusive nos coquetéis e até nas sobremesas. Ela diz que tem o cheiro da casa de seu avô, na Catalunha, onde viveu até seus dezesseis anos. Tem o aroma do café da manhã que o avô tomava, começando por um dente de alho coberto de mel, dizendo que era graças a esse dente que tinha podido chegar à nonagésima primavera. Sempre carregava um dente no bolso.

— Ele fazia isso — dizia ela —, sem dúvida, porque tinha ouvido falar que era afrodisíaco.

A anedota segue você. O aroma de alho não o deixa mais. Você se lembra de cada palavra dessa história que Nuria havia murmurado na noite em que, depois de jantar nesse restaurante, vocês foram para a cama, em seu quarto de hotel. Enquanto você falava do perfume e do exílio, ela tirou a roupa; e, *lotch-é siir*, como se diz em sua língua materna, para aparecer "nua como alho", e *shirine mesl-é assal*, "suave como mel", de pé à sua frente. Então ofereceu as costas para que você acariciasse as reentrâncias acima dos quadris. Sentado na beira da cama, primeiro você a contemplou longamente antes de acariciar suas covinhas com as mãos e depois com a língua. Ela lhe perguntou:

— Como se diz alho em persa?

— *Siir* — respondeu você.

— *Cyr*? Como Ciro, o rei persa? Que palavra majestosa! — exclamou ela.

Ela exigiu então que você encontrasse uma bela canção ou um belo poema em persa com a palavra.

Do lirismo persa, você tinha esquecido tudo. Incapaz de citar um só poema na mesma hora. Beijando cada parte de seu corpo, você cantava obscenidades, e ela, sem compreendê-las, repetia:

Az dahânat mitchasham roghané siir,
Az sinahâyat, koctélé siir,
Az kossat, firnié siir.

Ela começou a rir, pedindo a tradução. Preso na armadilha, você respondeu que seria muito complicado, porque, em sua língua, *siir* é uma palavra com vários significados e o poeta jogava com essa ambiguidade semântica, que tudo era muito lírico e romântico, com símbolos impossíveis de serem traduzidos.

— Não tem problema, Tom! Eu prefiro a versão persa — que ela queria ouvir novamente.

Recomeçar tudo. A cada beijo em seu corpo, uma palavra em persa. Mas, de repente, a história de seu avô, o alho no café da manhã, e ela, que havia crescido na Catalunha até a idade de dezesseis anos, impediram a conquista de Cyr. Não porque a história de Nuria fazia você pensar em sua própria — você também foi criado pela avó materna que, depois da morte do filho, veio morar na sua casa; mas porque a versão que ela dava de sua vida era entremeada de contradições, incongruências. Você se perguntava por que, então, ela disse, no primeiro encontro, no carro, que ela crescera na Holanda. Havia mentido? Por quê? O que escondia? Ela parecia cada vez mais misteriosa, maligna, incompreensível. Mas você não lhe disse nada.

E nada aconteceu, naquela noite.

O aroma de alho, ou de uma vida incoerente, foi-lhe repulsivo. Você estava beijando suas partes íntimas e, antes que pudesse sair da cama, vomitou. Assim você destruiu nela todas as ilusões do avô e a imagem que construía de você, de um Cyr montanhoso.

Desde então, você bem que tentou voltar a esse restaurante para recuperar o atraso — reconstituir a imagem do rei Ciro, reestabelecer o talismã do avô e, sobretudo, penetrar o mistério de seu passado movediço —, e toda vez voltava esse aroma de alho que o impedia de propor a ideia. Mas, desta vez, tudo bem, você contará tudo a Nuria, tudo que escondeu dela sobre sua vida conjugal, todos os sentimentos complexos que você experimentou desde que a conheceu, todas as contradições, mentiras... Igualmente, ela deve lhe contar o passado obscuro dela. "O alho será um revelador", você lhe dirá.

Num estacionamento, a duas horas de Amsterdã, você liga para o museu.

— Normalmente, Nuria chega em uma hora — diz alguém da recepção. Você detesta o advérbio "normalmente", um mau presságio, que significa para você, ao contrário, que se deve temer qualquer coisa de anormal. A impressão de déjà-vu desapareceu.

Você retoma a estrada. Sob a chuva, ainda.

Não andou nem bem alguns quilômetros quando o telefone toca; você estaciona. É seu irmão, Samim. Ele liga da Alemanha em busca de notícias suas, saber se está tudo bem.

— Sim, está tudo bem.

— Rina me ligou esta manhã. Está preocupada. Ela acha que você esconde um problema no trabalho.

Você tranquiliza o irmão:

— Não, não é o trabalho, é outra história...

— De novo?

Seu irmão, conhecendo-o, se inquieta; você diz que vai ligar assim que chegar a Amsterdã. Desligam, e você permanece estacionado por alguns instantes, cansado, se perguntando sobre o que seu irmão vai dizer. Sem dúvida, Samim lhe pedirá que ligue para Rina, que seja transparente com ela, que decidam sobre a vida de vocês de uma vez por todas, etc.

Você vai embora, acelerando mais.

Você deveria ter terminado com Rina há alguns meses. Mas, toda vez, o mesmo roteiro. Em casa, você decidia deixar tudo e ir embora; mas, uma vez em Amsterdã, voltava a pensar em Rina, em Lola e em sua mãe, que amava a nora. Você entrava em sua Paris dos subúrbios, como se voltasse à terra natal. Mas, uma vez em casa, você se sentia novamente estrangeiro, estrangeiro em seu apartamento, seu cotidiano, seu escritório. Sem dúvida por causa dessa incerteza da qual tinha medo, você se tornou, a despeito de si próprio, paramnésico. Para conjurar o medo do estrangeiro, do desconhecido, desconcertante. Sob o risco de viver na estranheza.

Aos quarenta e cinco anos, você continua vagando. Um exilado errante, um técnico comercial, um caixeiro-viajante, um amante fugitivo, um marido em fuga, um pai ausente.

Os carros param de súbito, avisos acesos. Um acidente. Uma antiga MG 1100, cinza, uma peça de colecionador, não pegou a curva congelada. Os bombeiros tiram o motorista do veículo projetado no campo, à beira de estrada, esmagado contra uma árvore.

Nada se move.
Chove lá fora, ainda e sempre.
Aproveitando-se dessa imobilidade, você liga para Rina. Uma vontade repentina de lhe dizer que não voltará mais para casa, que amanhã ela receberá a carta na qual você explicará tudo.

Ela tem uma voz atormentada, que o impede de lhe contar sua decisão. Então você diz:

— Não se preocupe, chegarei são e salvo...

— Não, não estou preocupada com a estrada, sei que você dirige sempre com prudência. Você ama demais sua vida *já vivida*. Tem outra coisa...

— O quê?

— Eu não sei.

Sim, ela sabe, mas não lhe diz. E ela sabe também que você sabe. Ela deixa então você lhe dizer. É sempre assim, ela prefere que venha de você, como todas as outras coisas da vida cotidiana de vocês, mesmo se, no fundo, é ela quem decide, quem deseja.

— Outra coisa? Mas o quê?

Você insiste. Em vão.

Depois você continua, ela com certeza se entedia... Mas ela ama o tédio, o silêncio. Ela diz que não dormiu bem:

— Vi mais uma vez o fantasma de meu pai.

— Ah! Você sonhou com ele outra vez?

— Sonhar? Não sei. O fantasma estava presente, muito presente, em nossa cama, bem perto de mim. Eu sentia sua respiração, doce e quente como o vento.

— Mas, Rina, um fantasma, segundo o que se diz, não tem calor; ao contrário, ele produz uma brisa fria. E, nos sonhos, tudo parece ser real e falso ao mesmo tempo!

Ela sabe. Cala-se. Sem, contudo, se resignar a acreditar em você. Um longo silêncio se instala outra vez.

— Alô? Você me escuta?

— Sim, estou aqui — e, a seguir, ela se interroga em voz alta —, por que esse fantasma no sonho? Por que não ele próprio, meu pai? Então não era um sonho, eu estava quase acordada quando o vi. Logo antes de você sair.

— Você estava acordada quando eu saí?

— Talvez. Não importa. Meu pai estava lá, ao pé da nossa cama, me pedindo para ir à Califórnia, para perto de minha irmã que está... — Silêncio, de novo. Você a ouve chorar. Entre dois soluços, uma palavra: — Meu pai dizia que minha irmã estava grávida.

— E então?

— Mas grávida de... de você.

— De quem?!

— De você, Tom!

Ela soluça, você persiste.

— Mas não passa de um sonho! Mesmo quando era vivo, seu pai era demente, delirava! — Nada a fazer, ela acredita no fantasma do pai. Desliga. Você continua mudo, telefone na mão. Sua cunhada grávida de você! Essa história, teria ela realmente sonhado? Ou inventado?

Os carros buzinam. É você quem bloqueia a estrada, agora liberada. Você avança devagar, então, depois de alguns quilômetros, em velocidade normal.

O fantasma de seu sogro o persegue.

14

Seguido pelo cão agora bem hidratado, Yûsef retoma a rua que o leva para casa, para Shirine. No caminho, ele vê Dawood, correndo para a mesquita. Que vá, fique e morra! Yûsef não quer mais saber dele na casa. Seu olhar, suas palavras para Shirine o irritam. Não tem mais confiança nele. Um homem assim, com duas mulheres, inevitavelmente tende a buscar outras. Quer três, quatro, sete, quiçá nove mulheres como o Profeta! Ninguém sabe por que ele fica em Cabul, perto de sua velha Nafasgol, uma vez que instalou a jovem mulher e os dois filhos no estrangeiro. Sem dúvida, para vigiar seus bens. Dawood desconfia de Nafasgol, com quem ralha sem trégua. A velha não faz o gênero de proteger o que deve ser protegido na ausência do marido, ela o culpa por ter se casado com outra mulher; não por ciúme, não, mas por questões de herança, de precisar dividir a fortuna de seus sogros com outra família, agora em outro lugar, longe do fogo e do sangue, longe desta cidade adormecida. Por que caberia a ela viver na tristeza e velar sobre a fortuna que não lhe pertence inteiramente? E à outra gozar de tudo e viver no conforto do exílio? Que Nafasgol expulse esse homem!

Que ela o mande para perto de sua "jovem cadela", como chama a outra, ao lado de seus camaradas do antigo regime — todos exilados no mesmo país. Ou então alguém vai denunciá-lo um dia aos talibãs; e ele, Yûsef, será o primeiro. Os talibãs não conhecem a verdadeira personalidade desse descrente comunista, eles não sabem que suas mãos estão cheias de sangue de muçulmanos; que ele era próximo do ex-presidente, aquele que os talibãs executaram assim que subiram ao poder, pendurando-o num candeeiro para o público ver. E pior, ele ainda bebe, ouve música, assiste a filmes indianos escondido em seu porão. Se vai à mesquita, não é senão para ocultar seu rosto verdadeiro. Yûsef tem certeza de que esse renegado não se entrega nem mesmo às abluções antes de rezar. Sim, ele, o carregador de água, conhece tudo sobre o outro, assim como todos os segredos dos lares no flanco de Kafir Koh. Mas ele não os trai. Jamais! No entanto, de Dawood ele adoraria se livrar; mesmo tendo dificuldade de esquecer as generosidades desse homem que o ajuda, que o recomenda aos outros, que lhe dá dinheiro, medicamentos, roupas. Mas todas essas benfeitorias parecem de repente falsas, suspeitas, aos olhos de Yûsef. Sua generosidade não existe senão para comprar-lhe o silêncio; se ele o recomenda aos outros, se o envia a algum lugar, é para afastá-lo de Shirine, a fim de encontrá-la em casa, sozinha. Sim, Yûsef conhece agora todos os artifícios desse homem. Ele não se deixa mais enganar.

Suas dúvidas surgiram no dia em que Shirine, saindo do *hammam* de Nafasgol, cabelos molhados, perguntou-lhe por que ele a espiava pela fenda da cortina. Ele não desmentiu, pensou apenas em Dawood. Vestiu-se, de repente ardendo de raiva. Sim, era certo que Dawood fazia isso, esse descrente! Sem revelar nada de suas suspeitas, Yûsef voltou-se com raiva contra Shirine. Por que ela se lavava na casa deles? Por que não ia ao *hammam* público para mulheres? Era fatalmente isso que ela queria, ser vista por ele.

Ele a enxotou de casa.

Do lado de fora, Shirine não sabia aonde ir. Sentada diante da porta, chorava. Lâla Bahâri, que passava em frente, a salvou. Foi ver Yûsef, trancado na casa, em lágrimas. Ele chorando, ninguém jamais tinha visto isso, nem mesmo na morte de sua mãe ou no funeral de seu pai. Que coisa tão repentina, estranha e nefasta o teria deixado nesse estado? A loucura. Certamente. Shirine o enlouquecia, pensava ele sem se dar conta de que já estava louco. Sim, era preciso ser louco para viver com sua cunhada e se apegar a ela.

Louco também de ter a ideia de se livrar dela.

Recluso no canto, dobrado ao meio, ele não queria mais ver ninguém. Mas Lâla Bahâri insistiu, batendo na porta repetidas vezes. Yûsef acabou por abrir para ele. Shirine ficou do lado de fora, no pátio; tinha medo de Yûsef. Os dois homens se fecharam na sala.

— Por que você a botou para fora?

— Por... Nada!

Depois, o silêncio. Nenhuma vontade de falar sobre o tema. Então Lâla Bahâri lembrou-lhe que ela não tinha aonde ir; sozinha nas ruas, seria chicoteada, quiçá presa, pelos talibãs.

— Que ela vá ao diabo!

— Mas por que você diz isso?

— Ela me faz sofrer.

— Faz você sofrer?... Por quê?

— Não sei.

Ele se levantou, agitado. Observando-o, Lâla Bahâri deixou-o dar alguns passos sem objetivo preciso.

— Você a odeia?

— Sim, eu a odeio!

— E você sabe por quê?

O silêncio, ainda. Yûsef calava seus medos, como seus desejos, como seus arrependimentos. Não queria falar deles.

— Porque você se odeia, a si mesmo!

Ele para, olha Lâla Bahâri com um olhar sombrio, como para gritar: "Sim, eu me odeio. Porque não sei como me livrar desses problemas que vivo na presença de Shirine e em sua ausência; acordado e nos meus sonhos." E ele pensa nessa cena que sonhara um dia, um sonho incômodo que ele havia tentado varrer da memória, mas que voltava com frequência, antes de dormir. Ele havia sonhado com Shirine nua — ao acordar, a substituiu por uma atriz hindu. Ela estava na fonte, invadida por uma luz estranha que brotava do fundo das águas. Ela se lavava, e ele a olhava acariciando o pau. Tinha um corpo ainda menor do que na realidade. Yûsef devia ter se sentado de pernas cruzadas para colocá-la sobre seus joelhos. Ela se tornava cada vez mais frágil, como uma boneca. Ria, buscando com as mãos as calças de Yûsef. Ele estava paralisado, não podia falar nem se mexer. Ela continuava a fazer cócegas na cabeça do que chamava de seu pequeno morcego. Yûsef acordou todo molhado, ensopado de suor e sêmen.

Que vergonha!

Por essa razão, ele havia substituído Shirine por uma atriz hindu cuja foto tinha visto na loja de Lâla Bahâri. De outro modo, ele não teria nunca mais podido olhar Shirine sem temor.

E ali, descobrindo que Dawood a espiava enquanto se lavava, ele se sentia tão impuro quanto o outro. E pior ainda.

Sim, ele se detestava!

— Ela pertence a você, não?

A pergunta de Lâla Bahâri congela as pernas em arco de Yûsef.

— Não! Não! Ela pertence a seu marido, meu irmão Soleyman.

— Talvez seja isso que corrói você. Você quer que ela lhe pertença.

— Ah, não, de jeito nenhum!

A contrariedade que agita Yûsef faz Lâla Bahâri sorrir, que continua:

— Mas então por que ela faz você sofrer?

— Por isso mesmo...

— Você está ciente de que, mesmo se não quiser saber dela, ela é de sua responsabilidade segundo a tradição. Ela lhe pertence como o bem de seu irmão. E enquanto a considerar dessa forma, no fundo, você vai sofrer. É preciso que você a reconheça como uma pessoa, um ser inteiro, não um bem, uma propriedade. A posse, eis a fonte de seus sofrimentos.

Menos agitado, Yûsef toma seu lugar, mas com outra contrariedade:

— Ela me impede de dormir.

— Você tem certeza de que não é você a causa de seus males e insônias? Alguma coisa em você não quer ser revelada, compartilhada. Algo proibido pelo que seu espírito vela dia e noite. Mesmo quando você vai para a cama.

— Não, não tenho nada!

— Nada?

— Nada!

— Talvez seja isso, então, a fonte de suas insônias e seus sofrimentos. Você esvaziou seu espírito como seu corpo. Preencha-os com ternura, amor, o quanto puder. Não deixe nenhum vazio em si que o ódio possa preencher.

Ele toma Yûsef pelos ombros, olha-o nos olhos.

— Você me entende?

Contrariado, Yûsef libera os ombros.

— Ela me dá asma!

Lâla Bahâri dá gargalhadas.

— É ela quem esvazia seus pulmões?

— Sim.

— Mas procure as razões primeiro em você mesmo.

— Assim que penso nela, assim que a vejo, tenho asma.

— Porque perto dela, você não quer inspirar, mas somente expirar. É preciso que você abra todo seu espírito, como seu corpo, para receber o sopro que ela lhe dá.

Yûsef mergulha no silêncio. Por um longo momento. Antes de ceder. E permitir a entrada de Shirine.

Ele adoraria apagar a lembrança dessa cena, mas é impossível. Ela o assombra, o perturba. Cada vez por uma razão diferente. Uma hora é Dawood a causa de tal violência; outra, Shirine, a tentadora; outra, ele mesmo, o homem que não pode vigiar sua honra; e, de tempos em tempos, Lâla Bahâri, a quem ela chama em seus sonhos.

Ele para de pensar nisso em frente à porta de casa. Seguido pelo cão, que ele proíbe de acompanhá-lo ao interior: a patroa não gosta de animais. O cão obedece e fica do lado de fora, majestoso. O carregador de água se precipita em entrar, vai diretamente para a cozinha onde Nafasgol o espera, feliz em vê-lo e obter água, mas irritada com a ausência de Shirine.

— Onde ela está? — grita ela, olhando Yûsef, que esvazia seu odre no reservatório. — Preciso dela hoje.

O que responder? Nada lhe vem à mente senão que Shirine dorme, que Shirine está doente, que Shirine...

— Mas ontem ela parecia bem. Se ela não vem hoje...

Um olhar de Yûsef a proíbe de impor mais uma vez suas ameaças: "Se Shirine não vem fazer a faxina, vocês serão, os dois, varridos de casa!" Ela se detém hoje, não diz nada... Ela precisa mais de Yûsef do que de Shirine. Além disso, Dawood não permitiria. Então, nem uma palavra. Silêncio, exceto pelo som da água que Yûsef versa no recipiente metálico. Ele não esvazia completamente o odre, guarda um pouco para Shirine. Então, deixa silenciosamente a cozinha, sob o olhar irritado de Nafasgol.

Em casa, ele abre a porta com muitas precauções. O quarto continua mergulhado na penumbra. E Shirine, ainda coberta pelo *sandali*. Ainda mais que há pouco. Ele contempla a escultura de sua silhueta, que confere forma miúda à coberta. Acordá-la? Ele hesita.

— Shirine?

Sua voz se perde na garganta, ao mesmo tempo que um gemido curto se sufoca sob o edredom. Ele espera um instante, aguça os ouvidos para escutá-la dizer Salem. Nada.

Fixa o *sandali* para vê-la acordar, sorrir-lhe, arrumar-lhe os cabelos para trás, prendê-los, depois prender sua mecha rebelde atrás da orelha. Nada, nada acontece. Ela dorme, ele fica de pé, contemplando-a em desespero, procurando banir de seu espírito todo pensamento impróprio em sua direção. Ele não quer mais ter pensamentos insalubres, nunca mais! Isso não o impede de guardar um, dentro de si, do qual não consegue se livrar nem falar com os outros. Alguns o tomariam por covarde; outros, como sua mãe, maldiriam Shirine. "Atenção! Ela pode ler todos os seus pensamentos durante o sono", advertiria. É certo. Ela ouve tudo dele, quando dorme. Seu espírito deixa seu corpo, à noite, e se espalha para todo lado, tão longe quanto possível, mesmo na Índia! Penetra em todo canto, em seu espírito, onde ela quiser, nos lugares mais obscuros, mais velados, mais íntimos, que ele, Yûsef, não sabe nomear nem imaginar. "Ela o possui. Ela o aprisiona em seus sonhos. Ele aspira seu sopro!" E Yûsef sente. Ele tem medo. Outra noite, acordado por seus desejos satânicos, depois atormentado por suas ansiedades diurnas, sufocava de asma, ouvindo Shirine respirar de repente a plenos pulmões, profundamente, como se ela quisesse aspirar o ar inteiro do quarto, da casa, de Cabul, da Terra... E nada deixar para ele. Ele tinha desejado fugir, deixar o quarto, mas uma fala miúda dela, em sono profundo, vinda do âmago de seus sonhos, o crava em seu lugar:

— Não se vá. É para você.

Então, o silêncio. E a espera. O que havia para ele? O ar, com certeza. O ar de toda a Terra. Era ela seu odre de ar. Shirine protege o sopro de Yûsef.

Ele se assombrou com o poder que ela exercia sobre ele, mesmo em seu sono. Hoje, o mesmo medo se apodera dele. Ele se acredita sequestrado nos sonhos de Shirine. Ele se torna seu escravo. Melhor ser prisioneiro dos sonhos dela do que de seus pesadelos, diz a si próprio, voltando-se para deixar o quarto. No corredor, ele despeja o fundo de seu odre na chaleira e sai no pátio. A patroa o chama e lhe implora que traga mais um odre de água. Sua resposta continua a mesma: ele precisa levar água para outras sete casas, e apenas Alá sabe quantos na mesquita. Ele sai da casa, dizendo a si mesmo que levará certamente água, sim, como sempre, não para ela, mas para velar por Shirine, para protegê-la contra Dawood, seu marido imbecil.

Voltar à fonte.
Encher o odre.
Retomar a ladeira de Kafir Koh.
Bahâri ainda está ausente.
E ele, ainda sem Salem.

Não é mais a falta do cigarro que o inquieta, mas a ausência de Lâla Bahâri, que esquece frequentemente de colocar em volta do braço a fita laranja que o mulá Omar impôs aos muçulmanos. Outro dia, na hora da oração, um talibã bateu nele, ignorando que não era muçulmano. Mais cedo ou mais tarde, eles irão fatalmente expulsá-los do país ou prendê-los, executá-los se eles não se converterem ao Islã. É certo. Lâla Bahâri precisa partir.

Mas para onde? Para a Índia? Ele prefere morrer aqui, em sua casa. Não é porque é hindu que deve viver no Hindustão. Ele é afegão, e pronto. Aqui é o lugar onde foi concebido, onde nasceu; é aqui que vive, que sonha, onde vai morrer — é assim que ele declara, assim como declarou à sua mulher e a seus filhos quando lhe pediram que deixasse o Afeganistão rumo à Índia. Eles partiram sem dizer uma palavra, deixando-o vivenciar sua vontade de morrer como as estátuas de Buda.

15

A chuva, cada vez mais forte; os limpadores de para-brisas, cada vez mais nervosos — como você; sono pesado, angústia esmagadora. O mundo que circula à sua frente se deforma com isso. Seus olhos ardem, mal fixando a estrada. Você decide então tomar a primeira saída para descansar um pouco numa área deserta.

Difícil pregar os olhos. Você também tem medo do fantasma do seu sogro, mesmo que não queria acreditar nele. Faz um certo tempo que você não acredita mais no mundo quimérico. Em nenhum fantasma. Em nenhuma alma que pertença ao além, a um mundo depois da morte. Nem à dualidade corpo e alma. No entanto, você inventa para si dois mundos paralelos, duas vidas, duas personalidades, dois tempos que se sobrepõem, se reconstroem, que lembram um ao outro, que se repetem. Isso é também um tipo de crença. Contudo, seus postulados sobre o duplo, o déjà-vu, a clandestinidade, a duplicidade, não passam de um pequeno arranjo pessoal de sua fé ancestral em dois mundos. Sua vida dupla, entre Paris e Amsterdã, na qual uma se manifesta enquanto a outra se esconde, ilustra perfeitamente essa ruptura que a sua convicção perdida recria, a despeito de si, entre o visível e o invisível, entre presença e ausência, entre Rina e Nuria.

Não, você não pode se desfazer disso.

Então o fantasma pode voltar não somente ao seu imaginário, mas à sua vida. Ele o assombra. Ele o culpa de impedir seu corpo de ser enterrado, como ele queria, no Afeganistão.

Ele está lá, o fantasma. Você o vê. Ele lhe diz alguma coisa, mas você não o escuta. Você baixa a janela, e seu grito invade o habitáculo. "Onde está meu túmulo?"

Um toque de buzina faz você abrir os olhos. O ar está calmo, à exceção do barulho da chuva. A angústia do pesadelo lhe dá vontade de mijar. Afastando-se do carro, você lança um olhar furtivo ao banco traseiro. Não, o fantasma não está mais lá. Você zomba de seu delírio, mas isso não o impede de pensar na morte do pai de Rina, há alguns anos. Ela estava nos Estados Unidos, por conta própria. Você, você ficou com Lola, por causa da escola. Ela chorava. Seu pai queria morrer no Afeganistão, e não no exílio. Você citou um filósofo afegão que o pai amava: "O exílio é morrer em outro lugar." Ela chorou ainda mais, mais forte. Para respeitar seu último desejo, toda a família queria repatriar seus restos mortais, enterrá-los no cemitério de seus ancestrais.

— Mas que bobagem — você gritou ao telefone, enquanto Rina mantinha silêncio —, Cabul está em plena guerra civil. Mesmo os cabulis não podem mais se ocupar de seus mortos. Eles não ousam mais inumá-los nos cemitérios. Os restos mortais são enterrados nos jardins das casas. Quem poderia levar o corpo do seu pai a um país em chamas? Seu irmão? Ele, que vive tranquilamente na Austrália? Ele não veio nem mesmo beijar o pai antes da morte.

— Sim, ele quer transportá-lo. Mas somente se o deixarmos vender os bens que nosso pai deixou de herança.

— Que crápula!

Depois de uma longa discussão com Rina e a mãe, você conseguiu convencê-las a enterrá-lo na Califórnia, no cemitério dos afegãos.

Eis por que sua alma errante o culpa.

De volta ao carro, você adoraria fechar de novo os olhos, mas não pode. O rosto translúcido, pálido e desdentado de seu sogro, mergulhado na demência, assombra seu espírito. Você o imagina deslizar dentro dos sonhos da filha, gritando obscenidades: "Por que, na noite do meu enterro, seu marido se masturbava? Foi essa semente que sua irmã fecundou."

Você não quer mais pesadelos. Ainda respira o ar úmido e esvazia a garrafa de água. Depois, você tenta de novo ligar para Nuria; ela ainda está ocupada, não pode atendê-lo, diz a recepção do museu. Você se surpreende com a própria insistência, embora saiba que ela não pode sair do ateliê durante o expediente. Melhor ligar para o hotel, reservar o quarto, número 29 — aquele com uma cama grande e uma bela vista para o canal. Por uma noite ou duas. Depois, você precisa encontrar um apartamento; Nuria não o receberá jamais em casa, você sabe muito bem. Você não sabe nem mesmo o endereço dela. Ela não gosta nem um pouco que alguém, mesmo da família, viole sua intimidade, seu mistério. Ou talvez jogue com o mistério, uma forma de sustentar a ideia de uma vida dupla: se uma descarrila, ela pode viver a outra. O duplo não serve para nada além disso, ser feliz o tempo todo.

Você, a partir de amanhã, não será mais duplo, mas triplo. Será como uma presença invisível para sua filha, uma ausência visível para sua mulher, mas uma presença visível, de corpo inteiro, para Nuria.

Uma vida de trindade!

Agora, você pode retomar a estrada.

Não são nem mesmo três horas da tarde, então você tem bastante tempo. Em uma hora, chegará ao hotel, de onde reservará uma mesa para dois no Garlic King. Depois, ligará para seu escritório para dizer que recebeu um pedido urgente de alguns clientes holandeses, etc. A seguir, uma boa sesta de duas horas, um bom banho, um breve passeio consultando os anúncios de locação de agências imobiliárias. Tudo isso até a hora do *gezellig*, momento que você adora. Encontrar-se nos bares às margens dos canais, tomar uma cerveja e discutir de tudo e nada com desconhecidas. Você vai esperar Nuria no bar Bord d'eau, antes de ir ao restaurante, saborear suas verdades.

16

Ele tem sede.

De água límpida e morna, uma gota lhe é suficiente. Ele bebe duas da fonte; depois, cola os lábios contra a boca do odre, inspirando tudo que seus pulmões permitem do ar reservado. Segura a respiração. Enche o odre de água, deixando ainda um pouco de ar, não se sabe nunca. E reparte.

À saída, o cão ainda está lá, olhos e ouvidos alertas, indiferente ao sol agora em seu zênite, mas que logo declinará lenta e friamente; desaparecendo depois, ventre no chão, exasperando a cidade que anseia somente por nuvens, chuva, lama e se libertar dos caprichos do carregador de água.

Mais um dia perdido para alguns e rentável para outros, como Yûsef.

O chamado à prece de meio-dia semeia o pânico na rua. Todo mundo corre para rezar. Yûsef também se precipita, mas não na direção da mesquita. Já é meio-dia e ele só levou água a duas casas. Ainda faltam duas a desalterar.

Ele chega com pressa na casa de *bibi* Sima. Como normalmente, vai direto ao *hamman* esvaziar seu odre e, como sempre, se faz mil e uma perguntas sobre essa jovem dama que vive sozinha com as duas filhas. Seu marido, ferido de guerra, desapareceu da noite para o dia. Estaria morto e enterrado no jardim? O carregador de água descobrirá. De tempos em tempos, um jovem soldado vem visitá-la, seu irmão, sem dúvida. É por isso que ela não tem medo de ninguém. Nem de ladrões, nem do exército dos talibãs. Ela dá cursos clandestinos a jovens meninas a quem os talibãs proíbem de ir à escola.

O que mais ela fez? Por que continua nessa cidade? É um mistério no bairro, mesmo para o carregador de água, que conhece todos os segredos sufocados nas casas. Sem dúvida, ela não sabe aonde ir, como ele, Yûsef. A Terra é grande, sim, mas não para pessoas como eles. Sem família ou relações. Ele não sabe nem mesmo o nome da cidade de onde vinham seus pais. Sabe somente que eram originários de uma das aldeias do vale do Adjar, onde, segundo a lenda, Ali, primo e genro do Profeta, matou o Grande Dragão. Ela está longe, parece, no fundo dos vales de Bâmiyân, invadidos naqueles dias pelos talibãs. Ele não conhece nenhuma outra cidade na qual se refugiar. E, mesmo se conhecesse, poderia ele partir sozinho, sem Shirine? Ele não pode nem deixá-la aqui, nem levá-la consigo.

Maldito seja Soleyman! Por que deixou a mulher? Apesar de muito procurar, ele não encontrou o mínimo indicativo, nenhuma razão que poderia ter levado seu irmão a desaparecer desse jeito. O que aconteceu? Questões que o atormentam, o devastam. Oh, se ele pudesse encontrar um só traço de seu irmão! Por que ele não volta ao seu país? À sua casa? À sua mulher? Ele está morto? Ou jogado numa prisão? Uma noite, ele tomara a decisão, e no dia seguinte, partiu. No entanto, como motorista de ônibus, ganhava bem, não reclamava de nada, de ninguém. Partiu sem dizer por que, nem a Shirine, nem à sua mãe, nem a ele, seu irmão. Nem mesmo a Najib, seu mentor. Foi há... ele não sabe. Ele não sabe mais. Partiu antes de a mãe morrer; disso, ele se lembra. Alguns meses antes. Exatamente. No fim da primavera, e a mãe morreu no começo do inverno. Morte de sofrimento, da ausência de seu filho favorito, na casa de quem vivia. Era mais confortável que na casa de Yûsef, que queria morar sozinho num único cômodo. Além disso, ela amava mais seu filho mais velho do que o carregador de água, incapaz de levar-lhe uma esposa, dar-lhe netos...

No dia seguinte à partida de Soleyman, a mãe aparece na casa de Yûsef, Shirine a seu lado.

— A partir de agora, cabe a você cuidar da gente! — brada ela; depois, sobre seu leito de agonia: — Vele sobre Shirine como se fosse sua irmã!

Shirine como sua irmã? Ele, que nunca teve irmã, como poderia cuidar dela? Uma mulher, dizem, não pertence à sua família, está destinada a deixar um dia o lar, os irmãos. Uma irmã pertence a um outro. Como Shirine.

Ninguém da família quer saber dela. Ele entendeu isso no dia em que a levou na casa da mãe, há algum tempo. No mesmo dia em que ela pôs sua doce mão sobre a testa febril de Yûsef, atormentando seu espírito. Naquele dia, ele decidiu levá-la para sua casa, a casa de seus pais, mas eles a rejeitaram. Sobretudo seu irmão. A irmã, dizia ele, pertencia de corpo e alma a seu marido, e depois, com o desaparecimento dele, a seu cunhado, a Yûsef.

— A mim? — pergunta o carregador de água, muito assustado.

— Sim, a você! É você que, a partir de agora, tem direito sobre a vida e a morte dela. Você pode bater nela em caso de desobediência. Você pode ficar com ela como quiser, como sua cunhada ou como sua doméstica, ou mesmo, se seu irmão estiver morto, como sua esposa.

Como esposa? Como ele, que nunca havia conhecido a companhia de uma mulher, à exceção de sua mãe, saberia se comportar? Muito jovem, ele havia perdido o pai, e, no dia seguinte, sua mãe colocou o odre do pai sobre as suas costas, mandando-o distribuir água, ao pé dessa montanha inclinada, Kafir Koh. Na época, o trabalho de carregador de água não era tão lucrativo quanto hoje. Mal dava para ganhar a vida. Por essa razão, ele continuou a trabalhar na casa de Nafasgol como faz-tudo: compras, jardinagem, carregando água. E ficou hospedado nessa casa onde mora até hoje.

Muito jovem, tornou-se homem independente, solitário, sob o peso do odre, velho. Mesmo antes da puberdade, havia sofrido de uma hérnia na virilha, por causa desse maldito odre, muito pesado para um garoto de sua idade. Quando ele queria se abrir com sua mãe sobre suas dores, ela o recriminava, proibindo-o de falar sobre isso. "Não é nada, você está crescendo. É tudo." Nenhuma outra explicação.

Portanto, ele nunca conheceu o *pecado manual* nem os embates oníricos com o *shaitan*. Dormir com uma mulher, então... Mas ele não falava sobre isso com ninguém, nem mesmo com seu irmão. Porque não fazia ideia do que se passava com ele. Quando lhe faziam perguntas sobre mulheres e puberdade, ele se esquivava. Tinha vergonha. O que o afastava dos outros, deixando-o desamparado, preso em sua solidão. No entanto, durante muito tempo, ele não sofrera com isso. Até o dia em que Shirine colocou a mão sobre a sua testa. Uma mão trêmula, quente, úmida. Que provocou uma sensação estranha, fazendo seu coração bater.

O sangue subia em suas têmporas, descendo entre as pernas...

Uma contração agradável, mas angustiante... Sua boca se encheu de saliva...

Todo seu corpo se tornou quente...

Trêmulo...

Sua respiração acelerava...

Ele não entendia o que era. Sem dúvida Shirine o enfeitiçava. Ela sentia o que passava com ele. O que provocava nele. Sim, ela sabia das coisas, tinha vivido muito. Sabia tudo.

Ela começou a lhe acariciar os cabelos,

depois as orelhas, o pescoço...

A cada carícia, o estado de Yûsef se agravava.

Seu coração rebentava,

sua respiração rasgava o peito,

seu pau se agitava,

enrijecia

crescia,

suas veias inchavam...

De repente, ele teve medo.

Ele empurrou Shirine, levantou-se e deixou a casa.

Depois de uma longa caminhada, cinco mil, quiçá sete mil, dez mil passos, e alguns cigarros Salem, ele foi ao *hammam*, se lavou, fez suas abluções, foi até a mesquita e se entregou a uma longa reza. Depois, retornou e disse a Shirine para recolher suas coisas. Shirine, silenciosa, não fez nenhuma pergunta, colocou as poucas coisas que tinha numa mochila vermelha e branca de *Gol-é sib*, enrolou o xale ao redor do pescoço, cobrindo-se com o *tchadari*, e seguiu Yûsef, que caminhava com raiva, dois passos à frente dela.

Cabeça inclinada sobre o peito, ele não olhava ninguém, andava como antes, como nos dias em que colhia os rastros de seus passos. Sem dúvida em busca do último, desesperadamente. Atrás dele, Shirine. Arfando. Ela não tinha o hábito de andar, e andar rápido. Todos os rastros de seus passos ainda estavam sobre a terra. Não somente porque ela era jovem, mas também porque tinha caminhado pouco na vida. Mas, nesse dia, Yûsef queria que ela andasse. Andasse tanto quanto possível, até seu último passo. Que recolhesse o último rastro antes de chegar à casa da família dela. Que desaparecesse de sua vida, saísse de seu corpo, de seu espírito. Que morresse! Ele não suportaria mais sua presença neste mundo, seu mundo, mesmo longe dele. Em vida, ela o assombraria dia e noite.

Mas morta também. Seu fantasma o possuiria ainda mais, o engoliria na demência... Cabia a ele desaparecer. Mas onde quer que fosse, não saberia se libertar, esquecê-la.

Ele congelou no meio da rua.

O que fazer?

Estava perdido.

Desde então, naquela época, ele se perguntava a cada passo por que tanto ódio e raiva contra ela? Não sabia. Sua incapacidade de conhecer as causas o perturbava ainda mais; ele que nunca experimentava nenhuma animosidade para com os outros, ele que não deixava ninguém, nunca, entrar em sua vida, em seu espaço solitário e silencioso, ele que estava tão longe dos problemas dos outros. Ele havia subitamente se tornado nocivo, malicioso, venenoso. Por causa dela, a feiticeira! A demônia! Que ele se livrasse dela, rápido, antes que pudesse matá-la.

Na ruela que levava à casa dos pais de Shirine, ele parou, olhou atrás de si, mas não viu Shirine. Ele voltou à rua de onde ela vinha. Do outro lado, viu sua cunhada sentada num canto, contra um muro. Ele se aproximou. Ela chorava. Ela disse que havia apanhado de um talibã.

— Por quê? — perguntou-lhe Yûsef, buscando com o olhar um talibã na rua. Nem sombra de algum homem armado com um cabo. — Mas o que aconteceu?

— Nada.

— Ele bateu em você?

— Sim.

— Mas por quê?

— Eu não podia mais andar com a mochila na mão, era um pouco pesada, então a coloquei sobre a cabeça. Isso me fez puxar o tecido do *tchadari* — o que expôs seu braço, a saliência dos seios, que ela não descreveu, deixando Yûsef imaginar. Ela continuou: — Ele me bateu com seu cabo, me perguntando por que havia saído sozinha.

— Mas por que você não me chamou?

— Você estava longe.

Ela não disse mais nada. Porque Yûsef sabia que, para os talibãs, ouvir uma mulher gritar na rua era ainda pior. Para ela, e para Yûsef, negligente ao deixar sua *nâmous* expor o corpo a desconhecidos. Ele também teria levado chicotadas. Ele não tinha direito de deixar sua *nâmous* vagar desse jeito, seios ao ar...

Depois de um longo silêncio, ela disse:

— Se eu não chamei você — ela buscava as palavras, e encontrou —, foi para protegê-lo, eu não queria que eles batessem em você!

Protegê-lo?

Tudo desmoronou ao redor de Yûsef, sua fortaleza de solidão, construída na extensão deserta do abandono, seu refúgio de despreocupação, suas montanhas inacessíveis... Todas as palavras de Lâla Bahâri retornavam ao seu espírito. Ele as sentia, compreendia. Compreendia-se. Era a primeira vez que ouvia alguém dizer que o protegia, que cuidava dele. Ele sentou-se ao lado dela, à sombra, costas contra um muro, e pegou um cigarro. Ficou assim muito tempo, silencioso, fumando um Salem. O dilema o rasgava. Ele não sabia mais o que fazer com Shirine. Levá-la para casa, guardá-la perto de si? Como o quê? Sua doméstica ou sua mulher?

E se o irmão voltasse? Seria uma guerra fratricida.

Ele se levantou, jogando o cigarro no chão, e fez a ela um sinal para segui-lo.

Quando chegaram à casa dos sogros de Soleyman, Rauf, o irmão de Shirine, abriu-lhes a porta, não muito acolhedor. Ele não disse nem mesmo "*salam*" à irmã. Nada. Um esquentadinho, insolente, que, desde a chegada dos talibãs, havia se tornado um muçulmano bem íntegro. Quando Yûsef disse à família que não poderia mais guardar a filha, foi Rauf quem decidiu, e ninguém mais. Nem o pai, nem a mãe. Ele ordenou a Yûsef que a levasse para reencontrar seu marido! Caso contrário, ele a enterraria viva.

Uma lembrança pesada. Ele esquece como esvaziou seu *mashk* na casa de *bibi* Sima, quanto recebeu quando deixou a casa, e por que já está em frente à loja fechada de Lâla Bahâri.

17

Não, não se trata de paramnésia! Você já veio a essa agência imobiliária, já explicou tudo a essa mulher de olhos marinhos, há alguns meses, mas sem dar continuidade à busca. Ela o observa com curiosidade, sem dúvida porque você não se expressa muito bem. Você tem a impressão de repetir o que lhe disse da última vez, que ela conhece tudo sobre você. Pergunta-se por que ela faz as mesmas perguntas; já que bastaria pegar a ficha que deve ter sido criada na primeira visita. "Não, sinto muito", ela diria, "a agência não guarda as fichas de clientes por toda a eternidade." Não importa, isso não lhe toma nem cinco minutos.

Você renova o pedido, um apartamento de dois cômodos, não longe do centro, e expõe a razão pela qual quer se instalar nessa cidade. Suas frases são confusas, a voz trêmula, como se estivesse diante de um juiz ou advogado para justificar a decisão, a fuga, o exílio. Não é o motivo de sua mudança que interessa à mulher, mas as condições de financiamento. Ela lhe pede para mostrar o contracheque no dia em que visitar os apartamentos.

Assim seja.

Você sai da agência, indeciso como da primeira vez. A chuva parou, mas o horizonte continua sombrio. Você ainda tem uma hora, antes de ver Nuria, que vai aguardá-lo no Bord d'eau. Você vai diretamente ao bar, pega um jornal de uma mesa grande na qual os jornais internacionais têm todos a mesma manchete: "A destruição dos grandes budas do Afeganistão." Você vai se sentar perto da janela, com vista para o canal, e pede uma cerveja.

Inclina-se para ler o jornal com a declaração do chefe de comunicação do Ministério das Relações Exteriores dos talibãs, Ahmad Faiz: "Essas destruições não são voltadas a ninguém. Trata-se de uma decisão interna do emirado islâmico, mas nos preocupa o silêncio da comunidade internacional diante do sofrimento do povo afegão, ao passo que foi totalmente mobilizada pela notícia da destruição dessas pedras."

A declaração do ministro dos talibãs perturba seu espírito. Você também, havia uma semana, dizia exatamente a mesma coisa. Havia uma semana, você e Nuria falavam sobre isso. Ela queria, como sempre, conhecer sua opinião de afegão. Para não se perder nesse tipo de discussão, você lhe respondeu que a dimensão tomada pelo caso era principalmente midiática, que você não entendia por que tanto barulho, uma vez que os talibãs massacravam, com toda tranquilidade, a população xiita dessa região, tantas mulheres eram vítimas de suas barbáries, e a miséria era atroz neste país. Mas ninguém falava sobre isso. E agora, claro, só se ouvia a indignação do mundo inteiro face à destruição dos budas. O próprio Buda teria vergonha.

Mal você terminou sua argumentação, Nuria, de súbito revoltada e veemente, contradisse tudo como se se sentisse profundamente envolvida.

— Mas os seres humanos, estejam vivendo na miséria e no terror, ou na riqueza e felicidade, estão programados para morrer um dia. Não uma obra de arte. Uma obra garante o traçado da humanidade no universo!

Ela se aproximou de você e, depois de um beijo ardente nos lábios, prosseguiu devagar:

— E, inclusive, os seres humanos podem se reproduzir, as obras de arte, não.

Silêncio. Longo, dez minutos, durante os quais ela o beijava no pescoço; e você, você evitava provocá-la ainda mais. Ela era jovem e indignada — como você vinte anos antes.

Então disse, mais serena, como se tivesse ouvido seus pensamentos:

— Perdão por ter reagido de forma tão violenta.

— É normal, você estuda a restauração de obras de arte e é seu trabalho; você cuida delas, protege-as, você as ama mais do que a um filho. Mas, no dia em que tiver um filho...

— Obrigada por me entender — disse ela apenas para evitar que você enveredasse novamente por suas lições de tiozinho. Ela continuou: — Eu sei que você, como eu, está convencido de que, se a humanidade existe até hoje sobre esta terra, não é graças à capacidade de procriação, mas de criação.

Ela decerto tirava essas frases dos cursos de história da arte, frases sublinhadas com marcador nos livros. Você a deixou repassar tudo isso em voz alta até atacar seu domínio, a reprodução. Então a interrompeu:

— A serigrafia não serve apenas para reproduzir as obras de arte, mas também para torná-las acessíveis, garantindo sua permanência, levando-as ao alcance de todos...

Ela interveio novamente, para demonstrar a presunção desse método, como no primeiro encontro no carro.

— Isso vai contra a vontade dos artistas. É negar a autenticidade das obras!

Etc. Depois, acendendo um cigarro, ela lhe descreveu, longa e sensualmente, os estados que experimentava diante de um quadro, o modo como alcançava o êxtase, mais forte ainda que contra o corpo de um homem. Já lhe tinha acontecido de gozar, discretamente. E, para prová-lo a você, ela o levou, primeiramente, à Casa de Rembrandt, e depois ao ateliê da escola onde ela trabalhava sobre o quadro magnífico *O banho de Betsabé*, que você não conhecia. O original, danificado, estava no museu do Louvre, e ela devia primeiro reproduzir a obra tal qual os historiadores a imaginavam pintada pelo mestre, a fim de encontrar a paleta de cores correta do pintor. Meio da tarde, não havia ninguém no estabelecimento. As paredes do ateliê estavam cobertas por cópias e diferentes reproduções do quadro. Ela lhe explicou, como uma guia de museu muito competente, todos os detalhes técnicos, artísticos e temáticos dessa obra-prima. Depois, fechou a porta a chave, despiu-se, *nua como alho*, vestiu apenas seu avental preto manchado de todas as cores e se sentou no banquinho, em frente ao cavalete, pernas abertas. Você se aproximou dela, deslizou a mão por seu corpo.

— Não tão rápido — suspirou ela com uma voz doce e cheia de promessa, exigindo um momento de silêncio total e contemplativo.

Um longo momento estranho, tão estranho quanto o quadro, ou a nudez dela no ateliê. Tal qual Nuria, você se deixou penetrar pela obra. Por seu *décor* sombrio, quase sem pano de fundo, em que tudo se banhava em tintas ocre escuras, quase negras; ao fundo, dava para notar uma prateleira pouco visível, como as gavetas secretas de uma mulher. Havia também um volume de tecido suntuoso, sem dúvida as roupas de Betsabé. De acordo com as pesquisas de Nuria, esse tecido fora pintado de forma a se assemelhar a uma máscara mortuária, para anunciar simbolicamente o destino de Urias, esposo de Betsabé, que o rei Davi tinha enviado à guerra. Na verdade, o monarca estava apaixonado por essa bela criatura que tinha visto ao banho. Havia quem pensasse que essa figuração têxtil sugeria a vaidade, muito importante para o pintor. E tantas outras interpretações que você já esqueceu. Dessa contemplação, você guardou apenas os detalhes voluptuosos, como o tecido que cobria o sofá sobre o qual Betsabé estava sentada e graças ao qual o artista realçava a lascívia do corpo feminino. Tão luminosas quanto a pele da mulher, as dobras do tecido, como sua textura, como sua cor, desprendiam uma sensualidade vertiginosa e carnal. Perdido nessas ondulações, você via ali uma forma discreta de lábios turgescentes, ou de uma vulva dilatada de desejo. Você desconfiava de que o pintor tivesse tentado encarnar todo o erotismo do corpo no tecido, esse corpo nu de Betsabé que transcendia as perfeições, esse corpo dourado que não precisava ser iluminado a partir do exterior, pois ele mesmo difundia uma luz interior, íntima. Uma beleza de ninfa, cuja carne era iluminada pela promessa de uma gravidez futura, aquela que geraria o rei Salomão, ancestral da Virgem Maria, segundo a lenda.

Uma *lembrança do futuro*! Você a encontrava também nessa obra, mas só a ideia, sem sentimento de déjà-vu como diante do quadro *A reprodução proibida*.

Sem se demorar na paramnésia, você levou o olhar à carta que Betsabé tinha em mãos. Uma carta de quem? De seu amante Davi, que a convidava para a cama? Ou uma carta do front, anunciando a morte do marido? Que confusão! Que dilema! De um lado, ela, que considerava a perda iminente de sua fidelidade; de outro, Rembrandt, que via nela a ancestral de Cristo, cujo maior gesto estava representado no quadro através da atitude da criada que lavava o pé de Betsabé, pecadora confessa. Nua e triste, Betsabé era para você tão sensual quanto Nuria. Cada traço de seu corpo, nuance de carne, cada movimento parecia evocar o desejo. Era esse o amor do artista pelo personagem ou por sua modelo, mulher? Que genial conferir tanta sensualidade à traição. Rembrandt, teria ele sido traído por sua nova esposa? Ou, pintando-a, ele a imaginaria depravada? E tantas outras perguntas — todas revelando mais sobre suas próprias obsessões naquele momento do que as intenções do artista — que o impediram de observar Nuria até esse momento imóvel. Inclinando-se lentamente para trás, contra você — ainda de pé atrás dela —, ela o convidou a observá-la como uma obra de arte. Sem tocá-la, você sentia a vibração de sua pele úmida e quente; o movimento de suas mãos, submersas no avental; o calor de sua respiração brusca, exaltada por lábios frementes.

Sim, naquele dia você viu e viveu o gozo de Nuria diante de uma obra de arte, um gozo mais visceral e ardente do que nas obras de carne. No fim, você até recolheu com os lábios uma lágrima que escorreu no rosto dela, antes que desembocasse na covinha daquele triste sorriso. O que a teria levado a esse êxtase dolente? Betsabé, seu corpo voluptuoso? Seu olhar melancólico diante do dilema entre a alegria do adultério e a tristeza da fidelidade? Ou o sofrimento com o qual Rembrandt tentava recobrir o rosto de sua mulher? Então, por que esse sofrimento? Em memória à sua primeira mulher, disse-lhe Nuria, morta alguns anos antes. Ou talvez o pintor pensasse na criada, presa num hospício, com a qual tivera um filho ilegítimo.

Com quem Nuria se identificava? Com a servente? Com Betsabé? Ou com o mestre? E você, Tom, quem é você na obra de arte dela? O rei Davi, ausente mas *voyeur*? Ou Urias, morto e mascarado com tecido, por sua família?

18

— Ó você, que acredita! O vinho, os jogos de sorte, as pedras levantadas e as flechas divinas são uma abominação e uma obra do demônio. Evite-as. Então talvez você seja feliz.

É a voz do muezim que ressoa ao pé da montanha de Kafir Koh, recitando o versículo 90 da surata 5 do Alcorão, seguido das aclamações *Allah-o-akbar* dos poucos fiéis que estão agora na mesquita. Um chefe religioso prega a cólera de Alá contra os afegãos que jamais tentaram destruir as estátuas.

— Um povo que derrotou os gregos, os mongóis, os ingleses, os russos, não seria capaz de destruir algumas grandes pedras? Prova de sua veneração... É por esse motivo que a cólera de Alá se abate sobre esse povo que negligencia sua palavra e a de seu profeta. É por isso que a seca os atinge em pleno inverno como castigo. Que sacrifiquem suas vacas, carneiros, ovelhas e todos os bens! Que rezem dia e noite! Que implorem a clemência de Alá, o Misericordioso!

E, novamente, *Allah-o-akbar*!

A clemência de Alá seria o castigo do carregador de água. O que ele faria? O que seria dele se a chuva caísse, se a neve cobrisse as montanhas e se os rios e poços se enchessem de água? Ele se tornaria novamente o eunuco! Yûsef precisa então da cólera de Alá, ainda por alguns dias. Graças a ela, ganha dignidade, superioridade, riqueza. Ainda lhe falta dinheiro para sair desse bairro de condenados e ir para algum lugar com Shirine, bem longe. Não importa onde.

De novo em frente à loja de Lâla Bahâri, ele se inquieta mais e mais. Talvez esses loucos talibãs o tenham jogado numa prisão? No bairro, esse tipo de barbárie contra os hindus é bem comum. Principalmente contra ele, cuja loja só é visitada por mulheres. É por isso que, com ou sem talibãs, sua esposa queria sair daqui: não suportava mais o sucesso do marido junto às mulheres do bairro. Além disso, segundo ela, é a razão pela qual Lâla Bahâri não quer partir. Aqui, ele conhece todas as mulheres, e todas o conhecem. Elas vêm fazer compras na loja dele, não somente porque lá encontram todos os produtos de beleza e todo tipo de tempero indiano, mas porque veem nele um sósia da celebridade indiana Salman Khan. Antes dos talibãs, esse ator tinha invadido as telas de cinema de Cabul, assim como os muros das casas e o coração das mulheres. Agora, desde a proibição de toda imagem e idolatria, as mulheres que vêm ver Lâla Bahâri são ainda mais numerosas. Uma forma de, através dele, sonhar com aquele ator divino, mesmo que ele, Lâla Bahâri, não se pareça em nada com o tal. Lâla Bahâri é mais velho, magro, mas mais bonito que a celebridade. Como diz Dawood: "Não é porque é hindu que se parece com Salman Khan!" A patroa, *nana* Nafasgol, também é fã, e incondicional ainda por cima, de filmes indianos. Foi na casa dela que Shirine via esses filmes, até o dia em que a mãe de Yûsef descobriu nas coisas da nora uma foto do ator, que ela rasgou; depois, bateu em Shirine e a proibiu de ver filmes.

Pobre Lâla Bahâri!
Um dia, ele será assassinado pelos homens do bairro. Piores do que os talibãs.

Já fazia algum tempo, Yûsef não entendia a raiva de sua mãe contra o hindu. Ele não temia de forma alguma nem sua presença, nem seu sucesso com as mulheres, nem a foto de Salman Khan nas coisas de Shirine. Essa despreocupação desapareceu um belo dia, sem que ele entendesse por que ou como. No entanto, ele continuava a vir e a comprar cigarros dele, mas silenciosamente, sem se demorar na loja como antes.

Lâla Bahâri percebeu imediatamente que alguma coisa havia mudado na relação. Ele não entendia essa mudança tácita tão repentina.

Ele o questionou várias vezes. Por que o culpava? Mas Yûsef negava — não porque não quisesse dizer nada, simplesmente porque não sabia qual a razão dos seus tormentos e do seu aborrecimento em relação à sua cunhada. Ao cabo de alguns dias de perguntas, Lâla Bahâri compreendeu. Uma noite, convidou o outro à sua loja para tomar um chá indiano, aquele que o carregador de água tanto amava. O hindu não lhe fez perguntas. Ele lhe expôs primeiro sua vida, sumariamente, para inspirar confiança. Começou por seu ódio político, que o fez mudar de fé. Ele era *sikh*, com turbante, barbudo, armado com *kandjar*. Mas, no dia em que um *sikh* matou a primeira-ministra indiana, a grande Indira Gandhi, ele renegou sua fé.

Sua mulher, uma *sikhe*, o deixara. Bahâri se isolou numa longa meditação esperando que os deuses encarregassem Kâma, deus do amor, de atingi-lo com seu arco para despertar nele o desejo. Aqui, ele interrompeu o relato, deixando Yûsef sozinho consigo mesmo e mil e uma questões. Yûsef não entendia nada das lendas, mas duas questões o preocupavam: como alguém podia renegar sua crença ancestral, trair seu Deus por causa de um assassinato político? Se fosse assim, ele teria mudado de crença várias vezes em trinta anos! Neste país de fogo e sangue, quantos presidentes assassinados já tinha visto? Bahâri riu. A resposta era simples para ele, mas não queria se lançar nesse tipo de discussão.

A segunda questão.

— E a flecha de Kâma?

— Kâma deve ter se enganado de alvo ou mudado de ideia! — Olhos fechados, Lâla Bahâri cantou em híndi: *"Ele esperava o momento de lançar sua flecha/ como uma borboleta deseja se lançar numa boca de fogo."*

Então ele abriu de repente os olhos, e o indicador mirou o coração de Yûsef:

— Kâma toca o carregador de água!

Essas palavras, como flechas reais, furaram todo o corpo de Yûsef. Não, ele, um muçulmano, não poderia em hipótese alguma ser atingido por um deus hindu e por sua flecha envenenada. Além disso, o que é o amor? Para quem? Como? Entrou em pânico, queria partir imediatamente, mas Lâla Bahâri lhe pôs diante dos olhos um pequeno livro ilustrado com desenhos em miniatura, da época do imperador muçulmano Babur — aquele que todos os cabulis conhecem graças a seu jardim paradisíaco na cidade. Um livro magnificamente iluminado, no qual era preciso enfiar a cara para ver as cenas em detalhes, oitenta e quatro *asanas*, oitenta e quatro posições de coito que paralisaram as pernas em arco de Yûsef. Seu espírito não podia acreditar nos olhos. Ele começou a tremer. Não escutava mais Lâla Bahâri narrar a força de Kâma, o relato da união de Shiva e Parvati, o destino da humanidade, e todas essas lendas.

— Talvez você se pergunte em qual religião os deuses fazem amor? Eles são mais humanos do que nós! De aspecto menos viril que os homens, e mais feminino que as mulheres — diz Lâla Bahâri, como se lesse o pensamento de Yûsef.

A seguir, ele fica em silêncio, deixando Yûsef se interrogar, duvidar, morder os lábios. Era a primeira vez que via cenas tão ousadas do jogo do amor. Ele não se atrevia a pegar o livro; ele o olhava das mãos de seu amigo indiano, que continuou:

— Foi pelo gozo, pelo amor, pelo desejo, *kâma, pyâr, ishq, mohabat* — chame como quiser — que o mundo nasceu.

Yûsef não escutava mais, só o ouvia gritar a palavra que tinha escutado dos lábios de Shirine enquanto dormia: "*Pyâr! Pyâr!*" Onde ela teria aprendido? Com Lâla Bahâri? Ou com os filmes indianos?

Seu olhar percorria de novo todas as imagens. E, de repente, uma nova lembrança. Ele criança, sob a coberta, ao lado do irmão — os dois jovens, muito jovens, no quarto dos pais. Fingiam dormir, cabeças enfiadas sob o edredom, mas olhos colados numa fenda para espiar no escuro os pais fazendo amor. Entre as oitenta e quatro *asanas*, encontrou uma, somente uma, que correspondia à que ele viu ou acreditou ter visto de debaixo da coberta de onde o único barulho que chegava até ele era o farfalhar do tecido. Durante muito tempo, o murmurejo das cobertas lembrava-lhe os sussurros amorosos e movimento dos corpos.

A lembrança dos pais o perturba ainda mais. Incita-o a ir embora da loja. Olhar rasante no chão.

Ele maldisse esses instantes. Fazia tão frio quanto hoje; e ele se sentia esmagado sob o peso dessas lembranças, anestesiado pelo tempo frio. Quando chegou em casa, tarde, Shirine já dormia sob o *sandali*, silenciosa. Ele, febril, não pôde pregar o olho durante toda a noite, já não pensava mais nos pais e sim em Shirine, em seus delírios sonâmbulos em híndi. Será que Lâla Bahâri teria lhe mostrado também esse maldito livro de *asanas*? Será que ela se entregava a esse tipo de relação com ele? Ou com Dawood? Então, a dúvida. A honra perdida. De repente, a amargura, a raiva.

No dia seguinte, ele não trabalhou. Vigiava. Retirado discretamente numa casa de chá do outro lado da praça, vigiou durante todo o dia, o quanto a luz permitiu, Lâla Bahâri, sua loja e Shirine. Mas era impossível discernir a cunhada no meio de todas as fãs cobertas de seus véus entrando na loja. À noite, ele voltou tarde, recolhendo-se silenciosamente num canto, fechou o olho insone. Ele sentia que seu interior se esvaziava de algo incompreensível, inominável. Será que seu corpo se esvaziava de sangue? Seu ventre, das tripas? Seus pulmões, de ar? Impossível saber. Impossível descrever. Impossível aliviar. Ele se sentia como um tronco de árvore arrancado, seco, pronto para ser queimado. Estava doente? Sem dúvida. Ele continuou assim até que Shirine colocou a mão em sua testa.

19

"*Be happy with my* fálbulas, *because* a verdade *is harder*", essas palavras, traçadas num pedaço de papel, tremem em suas mãos. Você as relê muitas vezes. O sentido da frase lhe escapa; você duvida dela; traduz a frase, palavra por palavra, silenciosamente, para o persa. Você a repete. Voz aveludada. Uma charada? Sem dúvida. De outo modo, ela não teria escrito em duas línguas, sem acrescentar outra coisa, nem mesmo seu primeiro nome; ela não teria passado no Bord d'eau somente para deixar esse papel e ir embora, sem vê-lo. Nuria não é uma mulher de meias medidas. Se fosse a sério, ela teria vindo lhe dizer essas palavras de viva voz, olhos nos olhos. Era bem um jogo, ela adora brincar, principalmente com as línguas. Tanto em inglês quanto em francês, ela é habilidosa.

Seu olhar busca a sala, nenhum traço dela. Você esvazia o copo de cerveja.

Há certamente um erro, essa folha é destinada a outro. Você se levanta, vai ao balcão, pergunta se o envelope é mesmo para você, Tom. Não há dúvida, afirma o barman, uma jovem passou por volta das dezessete horas, deixou o envelope em nome de Tom. É óbvio. Você verifica a caligrafia, é dela, com curvas bonitas, sensuais, quase como a caligrafia persa. Sem falha. Apenas uma, a ortografia, que você não percebe da primeira vez, a palavra fábula está escrita como "fálbula". Esse trocadilho, sobretudo com um erro, só pode vir dela, por isso escreveu a palavra em outra língua. Mas o que ela quer dizer? Vai lhe explicar logo, "*be coooool!*", como repete Nuria para tranquilizá-lo. Esperando, você pede uma boa garrafa do vinho que ela adora, Bordeaux, *grand cru*.

Você lança um olhar ao redor. Tem a impressão de conhecer todo mundo. É normal, você vinha bastante aqui, especialmente a essa hora — hora do *gezellig* —, com seus clientes, que adoravam o nome e o espírito francês do lugar. Você, você teria evitado os canais, como foge do mar, da piscina, de todos esses lugares aquáticos onde, desde a morte de seu pai, você sente sob a pele, mesmo no verão, uma estranha pontada do frio. Eis você hoje sentado frente às águas do canal, sob o aguaceiro. Sem temor algum.

O garçom traz o vinho, que você degusta primeiro com trejeitos de enólogo amador, quase risíveis. Saboreia e se deixa levar pelo espetáculo das pequenas ondas sobre a superfície turva do canal, lembrando-se do poema, ou da canção, que Nuria recita quando chove; uma forma, diz ela, de domar a meteorologia de Amsterdã.

No fundo, fundo dela
Cada gota de chuva

Traz até esta terra baixa
Uma palavra
Perdida no céu.

Você fita a janela respingada de palavras. Muito tempo. Como para encontrar os vocábulos que revelariam o sentido da mensagem de Nuria: "Contente-se com minhas *fábulas*, pois a verdade é mais dura." Ela nunca lhe havia dito essa frase. O jogo, no entanto, lhe é característico. "Você está nas minhas fábulas" — disse-lhe com frequência, uma frase que você nunca soube interpretar por causa do sotaque. Da primeira vez, isso deixou você agitado, acreditando que ela tivesse descoberto tudo o que escondia, toda a vigarice. Mas, desta vez, nessa frase, a palavra é muito carregada. Condena-o à incerteza sobre ter realmente vivido uma história de amor com Nuria. Você se pergunta se não existia de verdade apenas nos sonhos dela. Você duvida de seu corpo no mundo.

Uma corrente de ar frio roça sua pele. Você bebe um bom gole de vinho para fazer desaparecer o pensamento glacial. Contrariado, desvia o olhar para o interior do bar. E, de repente, nada é como há pouco. Uma sensação de estranheza se apodera de você. Tem a impressão de que é a primeira vez que está aí, nesse bar, em Amsterdã.

Vinho!

Você esvazia a taça, olha o relógio, são dezoito horas e trinta, e Nuria ainda não chegou. Você checa o telefone, nenhuma mensagem, nenhuma ligação perdida. Ligar para ela? Mas para onde? O museu está fechado a essa hora. No ateliê, ninguém atende. Você insiste, em vão. Cada vez menos paciente, volta a encher a taça; bebe, sem se deleitar com o *grand cru*. Observa o bar, detalha cada silhueta, cada rosto; você se levanta para ir ao toalete, verificando as mesas, o terraço, a entrada. Nenhum sinal dela. Você desce ao subsolo, vai ao banheiro. Mijando, você pensa que ela poderia chegar nesse ínterim, e ir embora sem vê-lo. Termina rápido, sobe, esperando reencontrar o universo conhecido de há pouco, ver Nuria à mesa, esperando-o com uma taça cheia.

Todos os desejos suspensos desaparecem no burburinho do *gezellig* irreconhecível. Ninguém já visto, nada já vivido. Persiste o mesmo sentimento de viver um instante irreal no qual você não existe mais. Havia apenas alguns minutos, você fazia parte do mundo, era o *homem que esperava*. Você não sabe mais onde está, não entende mais o que faz. Perdeu a memória? Mudou de mundo? Você procura a mesa, a taça de vinho, vazia, seu casaco, a maleta, o guarda-chuva... Todos ali com o jeitão abandonado, desamparado. Você se senta, pega seu smartphone, ouve novamente sua caixa de mensagens. Nada ainda. Sem muita vontade, recomeça a beber para voltar ao mundo ao qual pertencia.

Refletindo sobre onde procurar Nuria, você se dá conta de que não conhece nessa cidade ningúem próximo a ela. Nuria nunca lhe deu um endereço — sob pretexto de que dividia o apartamento com duas mulheres que não gostavam nada de ver gente entrando e saindo, que era longe, etc. Você sempre suspeitou que ela escondesse uma parte da vida dela, como você. Você igualmente não a deixou entrar em sua vida íntima e familiar, por isso nunca insistiu em ir até a casa dela. Assim estavam quites. Mas, hoje, você se arrepende. Você deveria ter alugado um apartamento aqui, para recebê-la, ou mesmo hospedá-la, deixá-la se instalar em sua casa. Não o fez. Teve medo do quê?

Você não sabe.

Você não sabe mais.

O bar se torna cada vez mais barulhento, você pega suas coisas, vai ao balcão, paga e sai. O céu está hesitante como você. As nuvens vão e vêm.

Você toma o cais que o conduz ao museu Rembrandt. É preciso atravessar três pontes.

Você agora está lá, mas tudo está fechado.

É preciso passar no ateliê, duas ruas abaixo.

Você está lá, mas encontra tudo apagado.

A chuva, mais violenta que há pouco, semeia o pânico na multidão. Você abre com dificuldade o guarda-chuva, corre para se refugiar sob a marquise de uma loja e espera. Seu olhar recai sobre o logotipo do *coffee-shop* Blue Bird, aonde Nuria o levou uma vez, no terceiro encontro, inesquecível. Para você, uma primeira ocasião de conhecer um lugar como esse, mesmo se você já vinha na cidade havia dois anos. Além disso, nunca havia fumado cigarro ou maconha, nem nada do tipo. Foi depois de um bom jantar. Bem embriagados, vocês caminhavam à margem dos canais. Ela lhe perguntou sem rodeios o que você fumava, haxixe ou *marie-djân*.

— Nada — você respondeu.

— Um afegão que não fuma? Isso sim é original!

— Mais um clichê sobre os afegãos...

— E daí? Você tem medo dos clichês? — uma pergunta que serve como uma piscadela para a sua teoria sobre a banalidade.

Nuria, no entanto, lhe permitiu mais uma vez expor sua opinião sobre o assunto, até vocês chegarem ao *coffee-shop*. Ela o puxou para dentro. Vocês subiram as escadas, cujas paredes eram pintadas com uma cena estranha, predominantemente verde e azul; um ramo vegetal com flores em forma de embriões, não de crianças, mas de adultos. Depois, uma floresta azul, com alguns animais selvagens. Música ambiente, Pink Floyd. No andar de cima, Nuria foi diretamente ao fim do balcão beijar Rospinoza, uma dama francesa sem idade. Rosto longo em forma de azeitona, mas magro; olhos penetrantes de coruja, nariz de águia. Sentada num banco, toda vestida de preto, com um grande *tichel* amarrado atrás da nuca, longo cigarro nos lábios. Podia fazer parte da decoração. Segundo o que Nuria lhe contou mais tarde, era uma poeta, estimada e com livros publicados desde bem jovem. E, também muito jovem, tinha se casado com um crítico literário. O marido invejava sua inteligência, sua presença, sua elegância, a ponto de a proibir não somente de se maquiar, de falar com homens, como também de aparecer na imprensa e viajar sozinha. Um dia, ela foi embora sem nada lhe dizer, deixando um endereço em Amsterdã, onde poderia encontrá-la se quisesse viver com ela. Pouco depois, o marido chegou ao Bairro Vermelho e se viu diante de uma vitrine na qual Rospinoza, bela como sempre, exibia-se. Ela lhe fez um sinal, mas um outro que a observava entrou antes dele, que ela acabou por expulsar, claro, assim que seu marido foi embora. Ela continuou a viver em Amsterdã, estudou filosofia, por puro prazer, sem tentar mudar o mundo.

É preciso então voltar lá. Você encontrará ou Nuria, ou Rospinoza.

Ou ambas.

20

Cada um tem seu aroma de inverno. Shirine tem dois, o perfume de canela salpicado no *halim* e o cheiro de pão quente. Yûsef acrescenta um terceiro, o seu, o do vapor de *chorba*, sopa feita com cabeça e pé de carneiro. Sem esses perfumes, o inverno não teria chegado, mesmo se Cabul estivesse coberta de neve. Agora, com o dinheiro que ganha, pode oferecer a si e a ela os três.

Seus passos se aceleram em direção à loja do mulá, cuja entrada está deserta. Normalmente, há muita gente nesse horário. Vendo sua chegada, o patrão sai de trás do balcão e corre para reclamar:

— Precisamos de água, muita água! Todo mundo tem fome, todo mundo tem sede. Eu lhe dou tudo o que quiser se me trouxer água imediatamente — promete-lhe o patrão. Por cima de seus ombros aparece a cabeça do primo, o mulá, que pergunta discretamente a Yûsef se ele levou água a sua casa.

— Eu fui até sua casa, mas ninguém me abriu a porta!

— Venha esta tarde, eu estarei lá.

Yûsef acena com a cabeça, prometendo voltar.

— Que ele se apresse! — bradam vozes vindas do interior da loja.

O carregador de água corre em direção à fonte, esquecendo os cinco lares que o esperam. Ele quer levar para casa os aromas de inverno antes que Shirine saia do *sandali*. Os outros, que morram!

Ele corre sem parar...
sem responder aos pedidos,
sem fazer promessas.

Chegando à gruta, não vê o cão de guarda. Busca-o com o olhar e assobia. O cão sai da caverna. Ele tem razão, lá dentro faz calor.

Yûsef desce até a fonte,
enche seu odre,
volta à loja e pega as duas vasilhas, *halim* e *chorba*, que o patrão lhe oferece.

Braços cheios de aromas, passos ágeis apesar do cansaço, ele segue para casa. Para não cruzar com os olhares desesperados e suplicantes, mira os pés, conta os passos. Depois de seiscentos, encontra-se em frente à portinhola de sua casa. Queria comprar alguns cigarros Salem, mas os perfumes que Shirine ama prevalecem sobre o cheiro de mentol. Que seja!

Ele entra em casa. O *sandali* está vazio, nenhuma forma pequena sob a coberta.

— Shirine? — pergunta ele com uma voz doce.

Nenhuma resposta. Sem dúvida, ela foi mais uma vez convocada pelo abjeto Dawood, ou por sua mulher. Ele deixa os perfumes e o odre, vai buscar Shirine na casa de Nafasgol. Encontra a patroa na cozinha, como um fantasma corpulento numa nuvem de fumaça e vapor. Sem se virar, ela lhe pede que comece a encher o reservatório de água do banheiro — e, com uma voz sarcástica, continua:

— Dawood *âgha* deve fazer suas abluções para se purificar!

— Eu não trouxe água.

Ela vira a cabeça e olha através da fumaça o carregador de água, silhueta velada na ombreira da porta, como se para lhe perguntar por que tinha vindo então.

— Vim buscar Shirine — respondeu ele. Nafasgol retoma sua tarefa e lhe diz:

— Vá perguntar a Dawood *âgha*.

Perguntar a Dawood?! Yûsef se espanta. Mas por quê? A pergunta o deixa febril. Ele atravessa o corredor perscrutando os cantos e recantos da casa. Nada. Nenhum sinal dela. Ele bate à porta do banheiro. Dawood abre, peito nu.

— Ah, eu estava esperando você.

— Estou procurando Shirine.

— Procurando no banheiro? Você trouxe água?

Yûsef diz:

— Não.

Dawood fecha a porta imediatamente.

— Então, vá logo!

Proibido de entrar, Yûsef fica um segundo parado no lugar, depois volta à cozinha e pergunta de novo a Nafasgol:

— Onde está Shirine?

Ela se apruma e, com uma voz firme, diz:

— Eu a botei para fora.

Ele eleva o tom:

— Para fora? Por quê?

— Você deveria perguntar para ela! — responde Nafasgol, voltando-se para o forno. Nada mais. Silêncio. Yûsef fica alguns instantes na soleira da cozinha, sem saber o que dizer, o que fazer.

Louco de raiva, ele sai da cozinha, atravessa o corredor e volta para o quarto, que, de repente, ele acha vazio, frio, desolador. Todas as flores da coberta estampada do *sandali* lhe parecem murchas. Os aromas de inverno não perfumam mais; tornam-se enjoativos para ele.

Shirine foi embora com seus parcos pertences. Mas, ainda assim, ela deixou o lenço de seda que ele lhe dera. A menos que tenha esquecido. Não, ela não poderia tê-lo esquecido. Ela gosta demais desse lenço para deixá-lo assim e partir. Ela o deixou para que ele o leve para ela. Ela o espera.

Shirine espera Yûsef! De repente, ele entra em pânico, treme.

Mas onde?

Ele sai, mas, antes de deixar a casa, faz o caminho de volta para pegar o odre. É seu escudo.

Uma vez na rua, ele respira fundo, sua respiração cada vez mais curta, ruidosa, ofegante. Fica um momento com as costas coladas ao muro. A rua está deserta. Alguns pedestres que cruzam com ele não falam, nem lhe pedem água. Ele só enxerga um cansaço desiludido nos rostos e na paisagem.

Toma o caminho da casa dos pais de Shirine, do outro lado da montanha Kafir Koh. Ele anda, olhando o chão, sem dúvida buscando os passos da cunhada.

O que aconteceu? Foi mesmo tão grave para nem sequer poder esperar por ele em casa? Nafasgol com certeza os surpreendeu, Shirine e seu marido profano. Daí o tom sarcástico quando falava do banho de Dawood. Yûsef vai fazê-la pagar, isso é certo. Mas é preciso primeiro encontrar Shirine. Ela lhe dirá tudo.

Um cão errante corre em direção a ele, interrompendo seu caminho. Ele o enxota com a bengala e apressa o passo sem prestar atenção ao grito do muezim que chama para a prece da tarde e sem se preocupar com as patrulhas dos talibãs. Uma picape se aproxima a toda velocidade, desacelera a seu lado, ele mal tem tempo de se virar, e ouve um grito:

— Kafir! Vá à mesquita! — seguido de uma chicotada nas costas.

Protegido por seu odre, não sente nada. O carro vai embora, levantando poeira, que faz um redemoinho ao redor do carregador de água.

Yûsef começa a correr, mas não em direção à mesquita. Ele segue pela rua que o leva ao desfiladeiro de Bâghbâla, onde tomará um ônibus ou um táxi até a casa dos pais de Shirine.

Uma vez em frente à casa deles, descansa para recuperar o fôlego, acalmar o coração, que bate rápido, e refletir sobre o que vai dizer e fazer.

Denunciá-la à família?

Seria ele capaz?

Sempre as mesmas incertezas.

Sempre os mesmos medos.

Enterrariam Shirine viva.

Rauf, o irmão de Shirine, vai se zangar com Yûsef, que não conseguiu velar pela castidade de sua *nâmous*. Ele vai obrigá-lo a vingar a honra da família, a matar Dawood, senão ele mesmo vai se ocupar dos três.

Denunciá-la aos talibãs?

Dawood se fará perdoar, mas Shirine, não. Yûsef vai perdê-la. E, com ela, todos os pequenos momentos da vida que o encantam há algum tempo, como ficar sob o *sandali*, esperar que ela acorde, buscar o cheiro de pão, contemplar o espetáculo de sua mecha rebelde, sentir o perfume de almíscar que ela compra de Lâla Bahâri. Sem Shirine, ele não seria Yûsef, mas somente um carregador de água, um carregador de água eunuco!

Que fazer?

Voltar para casa.

E esperar.

Ele se afasta da casa, mas uma voz o crava no chão.

— Yûsef?

É Rauf, o irmão de Shirine, que volta da mesquita. Qualquer um menos ele! Eles se cumprimentam e se calam. Yûsef não quer interrogá-lo para saber se ela está lá. Não gosta nem um pouco da maneira como ele fala dela. Mas é Rauf que, levando-o para para dentro, lhe pergunta sobre a irmã. Uma pergunta pouco habitual da parte dele, que confirma que Shirine não está na casa dos pais.

Yûsef mente. Shirine está doente, gripada. Ele veio buscar um remédio, pois a farmácia está fechada. Blá-blá-blá.

Rauf lhe fala da destruição dos Budas, orgulho dos talibãs:

— Eis uma bofetada no mundo não muçulmano! É...

Yûsef não ouve mais nada, nem diz mais nada. Ele é apenas uma sombra errante nessa triste casa, em busca de Shirine.

Também a mãe não tem medicamentos, mas um pouco de flor de *khatmi*, que precisava ser fervida na água; vai lhe fazer bem. Ela lhe dá um punhado, tranquilizando-o:

— A pequena fica doente quando não quer trabalhar, é uma pequena alma pérfida!

Depois, acompanhando-o até a porta, em *tête-à-tête*, ela acrescenta:

— É gentil que você se preocupe com ela. — E baixando a voz: — Você sabia que Shirine tinha primeiro sido prometida a você?

Yûsef a olha de um jeito inquisidor. Ela continua:

— Sim, ela devia se casar com você; estava prometida a você desde que você era bem jovem. Mas, um dia, sua mãe veio pedir a mão dela para seu irmão.

O que ela está dizendo? — Yûsef se pergunta. Ela delira.

Cada vez mais atordoado, Yûsef deixa que ela conte. Depois, vai embora, sai da casa. Lá fora, fica perdido, plantado como uma pedra mal esculpida no meio de uma rua deserta. Sem fôlego.

Está tão perdido quanto Shirine.

Será que Shirine sabe que estava prometida a Yûsef? E Soleyman? Talvez. Mas não no início do casamento. Depois. Claro. Por isso ele foi embora. Sem dizer uma palavra. Mas quem teria lhe contado? Não sua mãe, não. A mãe de Shirine? Ou talvez a própria Shirine. Ela teria se traído nos sonhos. Teria gritado o nome de Yûsef durante o sono. Soleyman teria escutado. Desconfiado. E ido embora.

Shirine!
Onde ele pode encontrá-la? Que ele vá ver Lâla Bahâri. O hindu vai ajudá-lo.

Ele volta a caminhar, com medo de que Shirine tenha sido levada pelo exército de Alá. Ele deve protegê-la, mesmo se ela se degrada com Dawood, ou Lâla Bahâri, ou o sufi Hafez. A partir de agora, nada importa. O que quer que ele faça, continuará a ser sua família, sua *nâmous*, sua dignidade, não a dos outros. Sim, ela pertence a Yûssef, e cabe a ele, somente a ele, decidir a vida ou a morte de Shirine. Ele zomba do que diria esse bando de hipócritas. Eis o eunuco *bénâmous*!

Ele os envenenará, a todos!

21

As ruas de Amsterdã começam a se iluminar para os perdidos como você.

Faz uma hora que você anda, sem descanso. De um ancoradouro a outro, de uma ponte a outra, na esperança de reencontrar Nuria. Você volta aos lugares onde andavam sempre, seus lugares míticos, como esse cais onde está agora, em frente ao hotel Prins Hendrik. Nuria quisera mostrar a placa de bronze dizendo que, naquele local, descobriram o corpo de Chet Baker, que "continua a viver em sua música, para todos aqueles que realmente querem escutar e sentir". E ela aprimorava a frase: "Na música de seu silêncio." A bem da verdade, tinha trazido você para apresentá-lo a um trompetista negro que, desde a morte do ídolo, se instalara em Amsterdã, nesse hotel, para tocar ali, inclusive, os repertórios do *jazzman branco*. O que divertia Nuria era a história desse discípulo de Chet vindo para Amsterdã para se perder como ele, mas que os canais guiavam e traziam de volta ao hotel, totalmente bêbado, segundo o músico, uma ponta de baseado no canto dos lábios. Ele soprava a fumaça em seu instrumento para "encantá-lo", dizia. De fato, essa cidade com canais que se estendem por mais de cem quilômetros, com mil e quinhentas pontes que conectam cerca de noventa ilhas, é feita de maneira que ninguém se perca jamais; sem dúvida, só vêm aqui os homens perdidos que querem se reencontrar.

Você se deixa então guiar pelas águas.
Elas o levam novamente para a frente do museu Rembrandt. Você ri, vendo o néon do *coffee-shop* Blue Bird. Eis o ciclo completo, você diz a si mesmo, avançando em direção ao *sâghikhâna*.

O interior está tão acolhedor, esfumaçado e extasiante como na primeira vez. Música como sempre relaxante, volátil — Portishead. Subindo as escadas íngremes em forma de caracol, você chega ao primeiro piso, onde um garçom lhe estende um cardápio. Para ser curto e direto, você pede um baseado Indica já enrolado e também uma garrafa de Coca-Cola. No balcão, você lança olhares para todos os lados: nenhum rosto conhecido, exceto o do vendedor, enfiado atrás da janela do guichê. Ele deve conhecer Nuria, você viu os dois se cumprimentando, beijando-se no rosto muito amigavelmente. Ela dizia que esse homem, cabelos longos frisados, silhueta muito magra, seu olhar e sua maneira de mexer as mandíbulas, lembrava-lhe os velhos atores franceses dos filmes de capa e espada. Além disso, ele fala um francês perfeito. Impossível esquecer. Você vira para ele, pergunta-lhe se conhece Nuria, a jovem mulher catalã.

— Nuria? Uma catalã? — o homem reflete. — Mas com esse mundo de gente que vem aqui, não posso reter todos os nomes, meu amigo.

Você a descreve, dá detalhes. Depois de um breve silêncio, o homem olha para você de um jeito estranho, depois pergunta:

— Você está falando de Nuria, a volúpia do *noir afghan*?

Não, você diz, reafirmando:

— Nuria é uma pérola catalã.

O homem ri e lança:

— Ah, é?! — e volta-se para outro cliente, deixando-o desnorteado. Você não tem outra escolha senão ir até o fundo da sala, perto do banco onde você havia encontrado pela primeira vez a famosa Rospinoza. Você pergunta à jovem do balcão se ela está na casa.

— Deve estar sim, por aqui — ela lhe diz, passando a garrafa de Coca.

O *coffee-shop* ainda não está cheio, você busca um lugar de onde possa vigiar todos os cantos, entradas e saídas. Depois de um gole da bebida, hesita em fumar; e se pergunta: "Nuria, uma afegã?" Ainda que não queira se fazer essa pergunta, a dúvida se entranha em você, como veneno, enrijecendo os nervos. Você acende o baseado, aspira uma lufada e tosse.

Um gole de Coca. Outra lufada de Indica, mais profunda.

A seguir, os pensamentos o oprimem.

Então é essa a verdade. Uma afegã! Mas como não percebeu no primeiro dia, quando a permitiu entrar em seu carro? Por que você não se perguntou isso quando ela adivinhou imediatamente suas origens? Mais uma vez a paramnésia? A impressão ou a vontade de já ter visto Nuria o proibiu de se perguntar de onde ela vinha.

A partir de então, você preferiu acreditar nela — em suas mentiras — a acreditar em suas dúvidas. Por medo de perdê-la. Você fugia de suas próprias origens, então por que se inquietar com as dos outros?

Sua maneira de ser, o caráter, a descontração, tudo o que lhe parecia familiar, não era para você senão a lembrança de um encontro que tinha vivido por antecipação.

Você não imaginava, um dia, estar cara a cara com tudo o que você negava, nem que suas origens se tornariam seu destino. Isso é também obra do exílio.

E Nuria, como uma filha do exílio, tinha, sem dúvida, as mesmas dificuldades que você.

Você começa a entender por que ela não o deixava entrar na vida dela, por que mentia sobre o alho do avô na Catalunha, por que conhecia tantas coisas sobre o Afeganistão e se interessava pela poesia persa.

O chão treme, você quase perde o equilíbrio. Apoia-se na mesa. Todas as palavras, todas as bobagens, todas as manipulações poéticas que você usou para enganá-la ressoam no *coffee-shop*, afetam o barato do baseado. Você vê um falcão sair do afresco e voar em sua direção. Você se mexe para se esquivar dele.

    Impossível que ela seja afegã.
    Que cretino, esse Tom!
    Que vagabunda, essa Nuria!

    Tom, você não quer mais sê-lo.
    Tom, você nunca o foi.
    Tom foi inventado, somente para viver aquilo que Tamim não podia viver.
    Tom não era mais do que um nome.
    Uma palavra.
    Uma mímica.
    Uma marionete.
    Um duplo...

    Tom se esforça para ficar de pé, quer ir embora imediatamente. As pernas não mexem mais; não lhe pertencem mais. Ele esvazia a garrafa de Coca. Tem a impressão de que todo mundo olha para ele, todo mundo o conhece, o reconhece. Tom, o idiota. Tom, o ridículo. Ele se vê em cena interpretando o personagem de *O sonho de um homem ridículo*.
    Nuria conhecia Tom previamente. Foi por isso que adivinhou tão rápido suas origens. Que atriz! Que atriz magnífica!

— Bom dia, jovem!

A voz doce de Rospinoza, de pé atrás de Tom. De onde ela saiu?, pergunta-se Tom, completamente desestabilizado por essa aparição repentina. Ele responde ao bom-dia timidamente.

— Onde está a moça? — pergunta-lhe ela.

— Nuria?... Não sei.

Ela chama a menina do balcão, faz-lhe a mesma pergunta. Ela também não sabe.

— Com certeza daqui a pouco ela chega.

— Não, eu não acredito que ela venha hoje — diz Tom, tirando do bolso o bilhete de Nuria. Rospinoza lê, sorri, olha para Tom.

— Você esperava por esse dia, não?

— Sim, mas não tão rápido.

Rospinoza pede maconha, Amnésia C. Depois, volta-se para Tom. Olhos desenhados com khôl, lança-lhe um olhar penetrante. Tom aspira ainda uma curta lufada, tosse e lhe diz:

— Mas por que ela me escondeu que era afegã?

— Você certamente não lhe perguntou se era afegã.

— Mas se apresentou como catalã desde o primeiro dia — ele se cala. — Digo, de origem catalã!

— Então, você nunca lhe fez a pergunta?

— Bem, não, mas pouco importa.

Mais um silêncio, alguns segundos, para se perguntar, de fato, por que ele nunca havia desconfiado das origens dela. Por indiferença? Ou porque não era isso que ele queria?

— Você não queria que ela fosse afegã, então, inconscientemente, escolheu acreditar em suas mentiras — disse-lhe Rospinoza, como se o tivesse ouvido fazer a pergunta.

— Você a conhece bem?

— Ah, a pequena Nuria, ela é esquiva. É o seu charme — ela fuma. — Eu vou lhe dar uma dica, jovem. É o mistério que você deseja, não?

Ela fuma com gestos majestosos. Tom se afunda mais uma vez em um longo silêncio. Ele, que tanto quis viver de outro jeito, alhures, em outra língua, em outro tempo, sem elo com suas raízes, ei-lo plantado numa estranha floresta verde e azul, como uma velha árvore cortada, desfolhada, mas cujo tronco continua enterrado no solo de origem, não importa o que ele faça. Ele está condenado a viver uma mesma vida, *já vivida*. Seus postulados a respeito da banalidade e da duplicidade, até então bastante retóricos, ganham forma, tornam-se uma experiência existencial. Que ele se alegre, como deve se contentar com as *fálbulas* de Nuria.

Ele se levanta para ir embora; Rospinoza lhe sorri.

— Em todo caso, é uma bela história — diz ela com ar sereno.

— Ela falou muito de mim?

— Como todas as mulheres apaixonadas.

— Ela? Apaixonada por mim? — ele pergunta ingenuamente, como um adolescente.

Ela não responde de imediato, dá um longo trago no baseado e solta a fumaça falando.

— Você sabe, jovem, quando e como uma mulher está apaixonada?

Tom se volta ainda mais para dentro de si, folheia o álbum de suas conquistas, mas tem dificuldade em pintar o retrato de uma mulher apaixonada. Impossível. Cada uma o amou à sua maneira.

— E você, amou cada uma exatamente como eram?

Essa pergunta abala violentamente Tom, por causa da repercussão de suas próprias indagações, como se, mais uma vez, ela lesse seus pensamentos. Ele quase tem medo. Olha para ela, longamente. Ela, imperturbável:

— Sente-se, jovem, não tenha medo, ela não me contou nada de comprometedor sobre vocês, e eu não sou espírita nem telepata. Simplesmente vi tudo, vivi tudo. Todas essas histórias de amor se parecem. Você está vivendo. Qual é seu nome?

— Tom. Na verdade, Tamim.

— Então, caro Tom — o outro é complicado, posso esquecer, mas Tom é fácil de reter. Bem, caro Tom, queria lhe dizer que você também, você vive uma história bastante banal. Um homem casado, com filho, encontra uma mulher jovem, sente-se rejuvenescer, apaixona-se por ela e depois entra na mentira, na culpa, no dilema. Fim da história.

— Mas ela era diferente.

— Ah, então você a amava só porque ela não era como as outras. Você não amava pelo que ela era.

— Sim! Eu diria: as outras não eram como ela. Não porque ela fosse original. E sim autêntica.

— Esse mantra, *com ela era outra coisa, ela era única*, perdoe-me os lugares-comuns, acabamos usando toda vez, ao fim de cada história, não é mesmo? A cada encontro amoroso, gritamos: nunca vi *isso*! E, no entanto, conhecemos a canção. Claro, é a alquimia do amor que permite uma história requentada existir como *jamais vivida*! Ver o outro como uma pessoa única, autêntica, original, mesmo em toda sua banalidade!

Tom quer pular de alegria, tomá-la nos braços, beijá-la e gritar: "Com certeza, era isso que eu queria ouvir." Mas o riso irônico de Rospinoza o proíbe:

— Que ideia hipócrita do amor. Você não acha?

A alegria de Tom fica em suspenso. Ela continua:

— Cabe a você escolher, repetir as mesmas palavras, os mesmos gestos, as mesmas sensações com pessoas diferentes, ou então mudar de palavras, gestos, sensações com uma mesma pessoa. Você prefere, suponho, a primeira situação. Não é? — ele concorda, ela segue. — Portanto, há qualquer coisa que continua sempre incompleta nos seus idílios, caro amigo.

Essa declaração agita Tom. De fato, ele nunca teve a audácia de ir até o fim de seus romances.

— Ficaram todos suspensos.

— Como para não desaparecerem completamente.

— Talvez. Mas eu queria viver de novo para compensar, através de Nuria, todos os meus amores fracassados.

— Ou repetir os mesmos erros.

— Não!

— Caro Tom, você deve saber que só repetimos nossos erros, nunca nossas perfeições.

Tom a olha longa e silenciosamente, cada vez mais desestabilizado. Para reconfortá-lo, Rospinoza retoma a conversa:

— Nenhuma história de amor é fracassada. Ou todas são.

Uma pausa meditativa, um trago no baseado, um gole d'água, então:

— Elas são apenas incompletas.

Encantado com o que acaba de ouvir, Tom se surpreende tomando as mãos de Rospinoza e beijando-as, quando um homem, de origem africana, vem cumprimentá-la. Eles se beijam, conversam, abandonando Tom, cada vez mais atraído por essa mulher estranha de quem Nuria falava sempre, sua melhor discípula. Ele ouve da boca dela exatamente as palavras que ama, os pensamentos nos quais acredita. Mas ela os expõe com ironia. Ele desconfia de que Nuria tenha lhe contado tudo sobre eles dois.

Ele se esforça para voltar a se situar em si mesmo, a se recompor, para ir embora daqui, dessa cidade, e tudo esquecer.

Impossível.

Seu corpo tornou-se o centro de gravidade dessas terras baixas, tudo se aglutina nele, tudo recai sobre ele, tudo o esmaga.

22

O sol também se põe, tornando-se a lua nos sonhos dos cabulis, mas não nos sonhos do carregador de água, devastado pelo desaparecimento de Shirine. Sentado no meio-fio, ele finalmente fuma um Salem comprado no caminho. A fumaça sai de sua boca e se perde na bruma poeirenta do crepúsculo cada vez mais escuro, e com ela toda a esperança de Yûsef.

Ele ainda tem necessidade do dia, da luz do dia. A cidade logo vai cair no negro absoluto, engolindo a sombra frágil de Shirine. Ainda lhe falta percorrer algum caminho para chegar em casa ou pedir ajuda a Lâla Bahâri.

Ele se levanta. Precipita-se. Olhar triste e inquieto, busca sem parar nas ruas nebulosas uma pequena silhueta escondida sob o *tchadari*, como um fantasma azul. Nenhuma alma perdida, além dele.

Sente frio.

Volta a caminhar. Olhos e ouvidos à espreita. O menor timbre de voz, um débil e distante barulho de passos, a menor sugestão de movimento paralisam suas pernas. Ele para, passa em revista todos os cantos e recantos. Então parte, imaginando cruzar com uma figura pequena, como a de Shirine, a quem ele chamará; ela vai parar, tirando o véu. Aqueles olhos amendoados, afogados em lágrimas, vão fitá-lo; os lábios carnudos, mas secos, tentarão se abrir para dizer alguma coisa. Yûsef vai tomá-la nos braços, envolvê-la, colocá-la sobre seus joelhos. Como no sonho, à margem da fonte, enquanto ela se lava. Sonho no qual tinha apagado o rosto de Shirine. Ele não queria que fosse ela, nua, em seus braços. Agora, ousa reconstituir o sonho com o corpo e o rosto de Shirine. Não tem mais vergonha. A família dela tinha razão: Yûsef tem todo o direito sobre ela, mesmo sobre sua *fonte vital*! Mas não sobre sua morte. Não. Ele não quer. Ele a deseja viva, em seus braços. Perdoará tudo, dirá que nada importa, que tudo vai ficar bem, que eles vão recomeçar a vida. Ele lhe fará filhos, agora que pode, e cócegas, brincar com ela. Aos filhos, ele ensinará uma outra profissão. Realizará os sonhos do pai. Nenhum de seus filhos carregará esse maldito odre sobre as costas, ele não lhes permitirá cometer o mesmo erro que ele: repetir a vida do pai. Que cometam seus próprios erros, não importa.

O chamado à prece do crepúsculo arranca Yûsef de seus devaneios. Já são sete horas da noite, e nenhum sinal de Shirine. Ele vai rezar na mesquita não por medo dos talibãs, mas para implorar a Alá que lhe devolva Shirine. Ele fará um sacrifício, um carneiro, um grande! É uma promessa. Na festa de Now Rooz, ele levará Shirine a

Mazaré-Sharif, ao mausoléu de Ali. Ele fará a oferenda a todos os pobres.

Se apenas pudesse encontrá-la.

Ele sai da mesquita. Sem vontade de ouvir o mulá pregar a destruição dos Budas. Ele já ouviu muitas vezes; além disso, prefere a história que seu pai lhe contava sobre os ícones.

Pegando as suas coisas num canto da mesquita, pensa de novo nessa lenda e em sua vida. Shirine e ele vivem a história dos ícones.

A voz de seu pai lhe revém. Ele se vê criança, sentado de pernas cruzadas; olhar fixo sobre as mãos que encadeavam um longo rosário na mesma cadência que suas palavras.

Yûsef tinha quase esquecido esses momentos de que, porém, tanto gostava. Mas depois da *fatwa* do mulá Omar, todos esses instantes ressurgem, a história se reconstrói em seu espírito.

Assim contava seu pai: *era uma vez, não era uma vez*[4], *um rei de nome Shâr. Um rei tirânico que, graças a seu exército de terríveis soldados — ignorando a piedade, a justiça, a virtude —, reinava nos altos e ricos vales de*

---

4. Em persa, os contos de fada começam com essas duas frases, assumindo tanto a possibilidade quanto a impossibilidade do que se vai contar. [N.T.]

Bâmiyân. Todas as noites, celebrava banquetes suntuosos às margens do Band-é Amir, o grande lago azul, trazendo as mais lindas meninas do reino para cantar e dançar para ele até o sol alcançar o cume da montanha Koh-é Bâbâ. Todo mundo lhe obedecia, mão direita sobre o coração — senão, com um só movimento de sobrancelha, podia decretar uma decapitação imediata. Até de Sorkh Pahlawân. Esse herói corajoso, valente soldado de renome, mas rebelde, era tão belo e jovem que todos o comparavam à tulipa selvagem da primavera nos vales. A cor vermelha e o brilho de seu rosto tinham lhe valido o nome Sorkh. Ele protegia os pobres do reinado. Esse valoroso pahlawân *tinha como vizinha a mais bela e audaciosa moça dos vales de Bâmiyan. Branca como a lua que lhe empresta o nome, Kheing Bigom, era sua* protegée; *ele a resguardava das libertinagens do rei. Eles se amavam e esperavam o consentimento das famílias para casar. Mas estas aguardavam a aprovação do rei, sem a qual nenhum amante podia contrair qualquer união. As famílias só conseguiram isso depois de dois anos de súplicas. Mas sob uma única condição: cabia ao rei deflorar a noiva!*

— Que o rei ouse vir buscá-la em nossa noite de núpcias! — indignava-se o corajoso amante.

Todos os vales do reino se preparavam para essa festa esplêndida e popular, generosa e alegre, como para desafiar os banquetes do monarca. E todo mundo foi convidado, claro, exceto ele, o rei Shâr. Escondendo sua raiva, o tirano decidiu enviar em segredo um exército durante a noite de núpcias para destruir a festa, humilhar os convidados, caçar Sorkh Pahlawân e tomar a noiva.

Em plena euforia, enquanto todos dançavam, alguém veio avisar Sorkh Pahlawân. O grande exército implacável se aproximava. Os amantes fugiram e conseguiram refúgio nas grutas da montanha Koh-é Bâbâ. Mas os ferozes soldados do rei os encontraram. O digno casal se defendia com intrepidez. O rei destacou então uma falange ainda mais feroz contra os jovens esposos. O Demiurgo, com pena dos dois amantes, petrificou o casal na montanha, transformando-os em dois ícones eternos, um vermelho e o outro branco, que se chamam Sorkh But e Kheing But. Somente seus olhos cintilantes viviam ainda para ver o mundo até o dia do apocalipse. Como dois pequenos sóis, também clareavam durante a noite todos os vales de Bâmiyan, guiando os perdidos, iluminando as casas, surpreendendo os bandidos, vigiando o exército real. Então o tirano ordenou aos soldados que lhes retirassem os olhos. Desde então, amantes de todo o mundo vêm declarar amor eterno refugiando-se nas grutas escavadas na montanha ao redor de seus ícones.

Uma vez terminada a lenda, o pai começava a descrever longamente o belo e eterno sorriso que as duas estátuas mantiveram apesar do destino trágico. "Esse sorriso ainda faz a derrocada dos tiranos. E nenhum pôde apagá-lo!", concluía.

Exceto os talibãs, pensa Yûsef hoje, com tristeza. Eles são, portanto, mais poderosos que o exército do rei Shâr!

23

Tamim não pode se livrar de Tom tão rapidamente. Mesmo sendo seu criador. Tamim não é suicida. Não é um assassino. E não está no Afeganistão. Ele está aí, Tom, e continuará nele, quer ele queira, quer não. Agora, Tom tem o direito de existir. Tamim viveu mais de quinze anos com ele, nele, com seu nome. Desde sua naturalização como bom cidadão francês. Tom se tornou sua ninfa empalhada. Mas também uma testemunha.

Uma vida sem testemunha, sem história, é uma vida jamais vivida.

Com ele e através dele, Tamim vive seus sonhos, seus desejos, sua liberdade, seu presente... Sem Tom, Tamim seria Tamim, um afegão exilado que não pertence ao mundo no qual se refugiou, mas a seu passado, sua terra natal, sua família. Ele não pode então abandonar Tom como está hoje, um homem sozinho, devastado. Além disso, foi Tamim quem cavou o abismo. Que ele o ajude a existir de novo. Como uma boa lembrança é num conto.

A partir de agora, é Tamim quem vai se tornar sua testemunha, cabe a ele contar para que Tom possa viver.

Tom prefere permanecer no Blue Bird e esperar. Ele ainda espera reencontrar Nuria, mesmo se a história deles acabou; ele adoraria ouvir sobre essa ruptura de seus lábios. Ele adoraria viver a ruptura. Porque é nesse instante que as máscaras caem, os rostos se revelam e se descobrem diferentes.

Ele se aproxima mais e mais de Rospinoza. Eles se falam. Falam de uma ausência, de um vazio que lentamente se enche de mistérios, de mentiras, de mal-entendidos.
— Ela se prostitui? — pergunta Tom, bruscamente.
Rospinoza se diverte.
— De jeito nenhum!
— Mas por que então mentir para mim? Ela zombava de mim...
— Não, ela não zombava de você. Ela começava mesmo a se apegar a você. Mas isso lhe dava medo.
Medo?
De quem? De quê?
Mas ontem, quando Tom ligou para ela dizendo que tinha decidido morar em Amsterdã, ela gritou de alegria, não de medo. Assim ele espera que tenha sido. Ele recorre a sua memória confusa para que lhe reconstitua os instantes, as palavras esquecidas que teriam traído Nuria.
Nada.

Rospinoza o observa, longa e silenciosamente; a fumaça carrega sua voz doce e sábia:

— Eu tinha um tio que era rabino, mas que, depois da Segunda Guerra, salvo milagrosamente dos campos de concentração, perdeu a fé. Àqueles que lhe perguntavam o segredo de sua sobrevivência nos campos, ele respondia com seu lema: já no nascimento, carregamos em nós o segredo que nós mesmos não conhecemos. Aqueles que buscam desvendá-lo durante toda a vida sem o conseguir esperam conhecê-lo depois da morte. Alguns o ignoram ou simplesmente o negam. Outros o preservam em si, como é, inescrutável; guardam-no como um talismã, sem saber o que contém, mas conscientes de que aquilo pode ajudá-los a sobreviver.

Um silêncio. Depois:

— Nuria pertence, sem dúvida, a esta última categoria. Se você lhe tirar o segredo, vai perdê-la para sempre.

Tom solta um riso triste, dizendo que, de toda forma, mesmo sem conhecer aquele segredo, ele a perdeu.

— Tem certeza? — pergunta-lhe Rospinoza. Ele sacode os ombros. Ela continua: — Você a carrega em si, ela viverá em você — disse, batendo docemente no peito com a mão. — Deixe-a ficar em você, como um mistério. É mais bonito.

Uma tragada profunda, cuja fumaça esconde de Tom seus lábios sorridentes.

Será que Nuria ficaria nele com todas as suas mentiras? Tom duvida.

— Meu caro, um segredo sem mentira, isso não existe! Ela não mentiu para traí-lo; mas para não trair seu segredo.

Mas o segredo de sua origem afegã foi revelado; então ela não existirá mais para ele. O jogo acabou. Sem um ganhador.

— *Somos todos perdedores, ninguém além dos sacanas se acham vencedores*, como se diz. Não sou eu quem deve lhe ensinar isso, caro amigo. Mesmo no amor, tudo é jogo, não?...

Ele não ouve mais Rospinoza. É tomado subitamente por uma lembrança de que Nuria tanto gostava. Uma lembrança distante na origem da teoria de Tom sobre o jogo. Começa com uma frase de sua mãe:

— Seu pai era o homem mais honesto do planeta — acrescentando, após um curto silêncio cheio de uma ironia desesperada —, exceto no baralho! Ele amava trapacear, mesmo quando não precisava!

Na tela de suas lembranças, Tom ainda guarda uma imagem intacta desses instantes, seus pais sentados na varanda da casa de Cabul, aproveitando o sol, no meio de uma partida de cartas. Ela, sua mãe, silenciosamente furiosa; ele, seu pai, com uma alegria barulhenta, lançando olhares cúmplices aos filhos. Isso os divertia, ele acha. Depois da briga habitual, sua mãe jogava as cartas na mesa, abandonando o jogo. Pouco depois, ela as recolhia, se retirava num canto para consultá-las de mansinho a fim de conhecer, sem dúvida, a continuação de sua vida em companhia de um marido *trapaceador*! O marido não trapaceava somente com ela, mas com os colegas também, em partidas de *falâsh*, uma espécie de pôquer indiano. Ele dizia amar trapacear não para vencer, mas para não ser derrotado. Jogava com as palavras. Porque, em sua língua, o verbo "jogar" tem a mesma raiz do verbo "perder". Como se a derrota pertencesse à própria essência do jogo. É preciso trapacear, diria seu pai, para que a felicidade prevaleça sobre a fatalidade! Mesmo no amor. Aliás, ele repetia que, na língua persa, para se dizer "fazer amor", dizia-se *Ishgh bâzi*, jogo de amor.

Tom também conta isso a Rospinoza que, como sempre, despreza tudo o que lhe contam. Para ela, é evidente, somos todos conscientes de que, considerando todos os jogos, o de cartas é o que nos dá esta inegável impressão: a de sermos o mestre do próprio destino, porque é o jogador que tem as cartas na mão, embaralha como quer, distribui, calculando, combinando números, cores e figuras... Sim, tudo poderia fazer crer que conseguiríamos controlar o acaso e enganar o *fatum*. Como na mitologia dos indianos — que teriam, dizem, inventado o jogo de cartas. Os deuses hindus jogavam frequentemente entre eles ou com os homens e, de tempos em tempos, infringindo ou mudando as regras sem escrúpulos, com o objetivo de impor aos jogadores obstáculos a serem enfrentados e, assim, pô-los à prova...

Esse jogo de Nuria talvez seja uma forma de pôr Tom à prova, como faria uma deusa.

— Jogo de amor — retoma Rospinoza, como se falasse consigo mesma. — Amo essa expressão. De fato, o amor como jogo tem suas próprias regras; é autônomo, sem causa exterior, faz pouco caso de Deus e da sociedade. De outro modo, seria uma paixão, com os imprevistos que conhecemos.

Uma tragada.

— Para os judeus, como para os cristãos, os embates amorosos são vaidade. Além disso, em nossa língua, como no francês, diz-se cair de paixão, como se amar fosse a queda!

Ela pede chá de hortelã, depois se dirige a Tom, cada vez mais arrasado por esse jogo de amor e mentiras com Nuria, perdido na fumaça do baseado que sai da boca de Rospinoza, envolvendo suas palavras inebriantes.

— Suas mentiras dizem muito sobre você mesmo. Mais do que todas as verdades. Se ela tivesse revelado sua *afeganidade*, como você diz, o romance de vocês teria acabado antes mesmo de começar. Ao contrário, essa história banal existe a partir de agora como uma bela aventura, um conto, uma lenda... Assim os mitos se tornam eternos. E o próprio Deus. Se ele fosse verdade, já estaria morto há muito tempo, muito antes que Nietzsche o matasse.

Depois de um longo gole do chá de hortelã, ela continua:

— Sim, se Deus não fosse mentira, seria destruído como seus dois Budas.

Dito isso, ela dá uma tragada, então expira, cobrindo o rosto e o olhar fixo em Tom.

— Se estou aqui, viva, diante de você, é também graças às mentiras de meus antepassados que pertenciam à seita de Sabbatai Levi, os Döhrmeh, judeus que, durante séculos, fingiram ser muçulmanos, praticando na clandestinidade a verdadeira fé. Eu descendo deles.

A história da sobrevivência de Rospinoza se perde nas chagas invisíveis de Tom, nas feridas de seu orgulho. Ele pensa nos poemas ridículos que recitava para Nuria, em suas pretensas traduções. Talvez ela entendesse tudo, será? Mas esses truques não a contrariavam. Ao contrário, divertiam-na.

Se ele fosse revê-la, não saberia mais olhá-la, o que lhe dizer...

Ele se levanta mais uma vez para partir, mas sente a cabeça rodar. Vacila. Rospinoza o ajuda.

— Está tudo bem, jovem?

Ele tenta parecer sereno, mas seus olhos, como todo seu corpo, o traem. Ela não o deixa partir e o convida a se sentar, depois pede para ele um suco de limão. Tom se senta e segura a cabeça entre as mãos:

— Minha cabeça está girando.

— É por isso que vamos para Amsterdã. Não se preocupe. Aqui, somos dervixes rodopiantes! — diz ela, desenhando um círculo na fumaça, com a mão que segura o baseado. Tom esboça um sorriso e pensa em voz alta:

— Sou realmente um homem... *sar-gardân*.

Ri de si mesmo, sem se dar conta de que Rospinoza não entende nada de sua língua.

— Você é o quê?

— *Sar-gardân* — repete ele. — Literalmente, cabeça que gira, no sentido de errante. Sou *sar-gardân* em exílio, *sar-gardân* no trabalho, *sar-gardân* no amor...

— É bom. Você é principalmente um homem livre.

— Livre para girar?

— Não. Livre para ir de um abraço a outro, de um país a outro, de uma língua a outra. Você agarra tudo e vive a própria essência do exílio. Seu amor era um amor exilado, não um amor nômade, ou sedentário, ou turista, caro amigo.

Novamente palavras que Tom já tinha escutado, sem dúvida, da boca de Nuria. É certo. Ela também definia assim o amor de Tom. Dizia que ele, como todos os homens casados que buscam uma amante, era um homem em exílio do amor.

Hoje, ela lhe teria dito:

— Meu Tom, você está expulso deste asilo de carne. E condenado a voltar à sua terra matrimonial.

Que ironia!

24

Sob a luz desbotada e fria da lua, o carregador de água avança, fantasma cansado, arrastando-se numa bruma leitosa. Tudo lhe pesa, tanto sua bengala de caniço quanto seu odre vazio; mesmo a poeira da cidade, a fumaça das casas; mas também suas palavras, geladas nele, suas dúvidas, seu desespero, mesmo seu sopro que, apenas expirado, se torna uma nuvem glacial emaranhada na barba. Suas mãos e pés não sentem mais nada, nem o frio, nem o calor. Estão paralisados, seu sangue congelado. Sim, tudo é pesado, pesado a ponto de quebrar o arco de suas pernas, o arqueado de suas costas. Cada vez mais curvado, não vê nada, não olha nada além dos movimentos das botas de borracha; ele busca o último vestígio de seus passos na terra. Anda com dificuldade.

Não se veem mais suas pegadas, ele espera.

E anda.

No cruzamento entre duas ruas, um carro para à sua frente, um homem lhe suplica que traga água, tem dois filhos doentes e sedentos em casa. Yûsef, entorpecido pelo frio, não ouve mais nada. Tem a impressão de que a voz e as palavras do homem, como sua respiração, cristalizam na bruma glacial no momento em que saem de sua boca. Mas ele supõe que o motorista esteja lhe pedindo água. Ele faz "não" com a cabeça e segue seu caminho. O homem sai do carro, tira do bolso um maço de bilhetes e estende para ele. São muitos. Não, o carregador de água está cansado, não pode mais descer até a fonte; não pode mais carregar o odre que ele arranca das costas, depois o atira aos pés do homem.

— Tome! Pegue-o, esse odre maldito! Vá buscar água você mesmo!

E ele retoma seu caminho; o peso do mundo pendurado na bengala.

Mal dá dois passos, recebe um golpe violento: o motorista lhe arremessou o odre nas costas. Ele se aproxima de Yûsef com raiva, uma pistola na mão:

— Tome seu odre e vá buscar água!

— Eu não posso mais — responde Yûsef, sem fôlego. O homem o toma pelo braço:

— Eu lhe disse para buscar água — ele aponta a arma para a têmpora do outro. — Senão lhe explodo os miolos!

Yûsef se deixa cair, não consegue mais ficar de pé nem respirar. Destrava a garganta. Está sufocando. O outro lhe dá um chute, grita:

— Levante-se! Mato você. Está me ouvindo? Mato você.

O carregador de água olha para ele com ar suplicante como se dissesse: "Vá em frente, me mate!" Depois, murmura em sua barba:

— Eu não sou mais o carregador de água.

Ele eleva a voz:

— O carregador de água não existe mais, ele morreu!

Ele geme entre duas respirações.

— Você está me ouvindo?! Ele está morto, o carregador de água sou eu. Fui eu quem o matou.

Respira.

— Eu, Yûsef, eu matei o carregador de água!

Sob a expressão boquiaberta do homem, ele se levanta, vocifera:

— A fonte é sua! — grita ele para que todo mundo escute —, a água é vossa, a minha dignidade é vossa. Eu lhes dou tudo, mas me devolvam Shirine!

Ele se levanta, afasta-se sob a luz dos faróis dos carros.

— Preciso dela, de suas mãos quentes sobre minha testa. Ela é minha de corpo e alma. Sou eu, Yûsef, que tenho direito sobre a vida e a morte de Shirine. Não vocês! Deixem-na voltar para casa. Que ela acenda as brasas do *sandali* antes de eu voltar. Vou aquecer minhas mãos, meus pés, o coração. Vou voltar.

Ele apressa o passo.

— Só me resta uma rua para atravessar, uma rua, e depois minha casa, meu lar, Shirine ao fundo do *sandali*, sob o luar amarelo da lâmpada, sua mecha que faz sombra sobre o olho. Sim, ela voltou. Ela voltou cedo, quando eu saí. Ficou com fome, comeu *halim*, com pão quente e um pouco de sopa. Depois, dormiu. Não, ela não pode dormir. Ela se preocupa comigo. Ela me espera. Preciso correr...

Ele ouve tiros. Ele corre, ele cai. Tudo se torna escuro.

— Onde estou? Não vejo nada. Onde está a lua?

E, súbito, a luz pálida volta, mais ofuscante que há pouco. Yûsef distingue a silhueta do cão pastor, que se aproxima do odre caído no chão e o lambe. Nenhuma gota de água a lamber. Ele o abandona, vai até o corpo de Yûsef e, com sua língua seca, lhe lambe a mão... Ele late surdamente baixinho, pega com os dentes Yûsef pela manga de seu grande *gopitcha* e o puxa.

Yûsef se deixa arrastar pelo cão.

— Eu sabia que você viria. Leve-me para casa. Shirine me espera.

E o cão o faz.

— Eu sabia que um dia precisaria de você, e você me salvaria.

Ele não sente mais nem a terra, nem as pedras sobre as quais escorrega.

— Está bem, estou na rua. Pare! Eu consigo me levantar, andar. Mais duas casas. Então Shirine, ao fundo do *sandali*, sob o brilho da lamparina. Se não há mais combustível, ela me espera sob a luz branca da lua. Sua mecha brilha. É certo.

Ele se encontra frente à portinha.

— Pronto. Estou aqui. Shirine, estou aqui, atrás da porta — está fechada —, não há ninguém no pátio? — ele chama. — Não. Não há ninguém para me ouvir. Shirine? Você me ouve? Não, ela não me ouve, ela também não. Eu devo escalar o muro.

Ele trepa, como um macaco. O jardim está deserto. O quarto de Nafasgol está aceso, mas não o de Dawood.

— Ele deve estar dormindo, esse porco.

Yûsef vai diretamente para o seu quarto. Nenhum sinal de Shirine.

— Mas sinto seu perfume de almíscar.

Ela deve estar do outro lado do *sandali*.

— Não posso vê-la daqui.

É preciso fechar a porta.

— Shirine vai sentir frio.

Ele tira as botas de borracha. Seus pés estão paralisados. Não sentem mais o kilim, o chão. Ele avança.

— Não posso mais controlar meus passos. Eles vão aonde querem.

Ele vai até o outro lado do *sandali*. Dali também não consegue ver Shirine.

— Ela deve estar inteiramente coberta. Tem frio, sem dúvida.

Ele tira a coberta. Ela não está lá.

— Onde, então?

É preciso perguntar de novo a Nafasgol. Ou a Dawood. Ele deve saber.

— Ele a escondeu em seu quarto ou a enviou para Kohdâmane, para sua casa. Eu vou matá-lo.

Ele sai no pátio, de meias.

— Onde está o machado? Espero que ninguém tenha pegado.

Deve estar em seu lugar, atrás da casa, na reserva de madeira, onde o deixou na véspera.

— Nesta casa maldita, ninguém sabe cortar lenha. Só eu.

Ele chega até a reserva de lenha, encontra o machado. Levanta-o pesadamente e vai até a entrada da casa.

— Ainda me resta um pouco de força. E de coragem. Mesmo que eu não sinta mais nada.

Ele tem a impressão de ser como as duas estátuas de Buda, sem braços ou pernas. Mas avança. Como se alguém o empurrasse.

— Sem dúvida, o fantasma do carregador de água. Ele me empurra para dentro de casa.

A porta está fechada.

— O carregador de água me obriga a arrombá-la.

Ele dá uma machadada violenta, tudo se arrebenta. Nafasgol sai no pátio, gritando:

— Pega ladrão!

Yûsef se joga sobre ela; esmaga seu crânio; o sangue espirra nos muros, em sua barba, em suas roupas. Dawood sai apressado do quarto, de pijama, uma kalachnikov na mão. Mas Yûsef sabe que ela não funciona, foi ele quem a encontrara. Corta primeiro a mão que segura a arma. Dawood urra, mas a dor o estrangula. Nenhum som sai de sua garganta. Yûsef pergunta onde está Shirine. Dawood chora, diz que não sabe. Suplica-lhe, joga-se a seus pés que não sentem mais nada. Como seu coração. Como sua raiva. Ele o interroga ainda. Que repete a mesma coisa. O machado se levanta e se abate sobre seu coração, depois se afunda entre suas pernas.

Dawood bufa e morre.

Yûsef larga o machado e procura Shirine na casa toda. Nenhum sinal dela. Ele a chama, queria lhe dizer:

— Eu sou a partir de agora Sorkh Pahlawân! Vou protegê-la até o fim da minha vida. Ninguém ousará mais lhe dizer o que quer que seja. Nem Nafasgol, nem Dawood. Eu os matei, os dois. E massacrarei ainda mais. Seja quem for! Desgraça a quem olhar para você atravessado.

Seus dentes batem. Ele tem frio. Tremendo, continua a falar:

— Você tem razão. Fiquemos aqui. Faz calor. O fogão está aceso. Felizmente, cortei lenha ontem. Era para esta noite, para nos aquecer. Chega de esperar que nos deem madeira. Não precisamos mais do *sandali*. Vamos ficar aqui. A partir de agora, esta casa nos pertence, a nós dois. Ninguém mais terá o direito de entrar aqui. Ninguém poderá incomodá-la, acordá-la a qualquer hora para lhe pedir que faça a faxina. Caberá a outra pessoa fazê-la. Você, você ficará aquecida. Repousará lá embaixo, lá onde fica a televisão, no salão de chá, no subsolo, onde não será vista. Você verá todos os filmes indianos. Vai se lavar no *hamman* o quanto quiser, sem que esse depravado do Dawood ou qualquer outro venha espiá-la. Eu pedirei ao carregador de água. Não, ele está morto, ele também. Eu mesmo, eu encherei todos os dias o reservatório de água para você. Com águas doces e mornas com perfume de rosa. A fonte também é sua, para você. Sim, vamos ficar aqui.

E ele se deita na cama de Dawood.

25

Ele está nas nuvens, Tom. Seria o efeito da *sativa* ou de Rospinoza? Sem dúvida, dos dois. Eles andam lentamente sobre o cais do canal Jacob van Lennep. Ela lhe pergunta se ele estava realmente apaixonado por Nuria. Ele não sabe o que responder. Em que momento podemos dizer que estamos apaixonados? Ele nunca havia se perguntado isso. É agora, diante de Rospinoza, que ele reflete e descobre que, em algumas histórias sentimentais, mesmo naquelas de sua juventude, seu amor se revelava mais ao fracassar do que ao desabrochar. Mas, desta vez, há uma sensação estranha que ele não sabe nomear nem descrever. A impressão súbita de ser um homem iletrado confrontado com seus sentimentos. Desamparado, desesperado, ele se cala. Longamente. Depois, diz a si mesmo que, em todo caso, com ela, tinha aprendido a amar suas origens.

— Ela não é, portanto, uma mulher fatal, que o teria afastado de você mesmo.

— Não, não uma mulher fatal. Mais uma *mulher original.*

— Como Pandora.

— Pandora — repete Tom, pensativo. Segue-se um silêncio imóvel, durante o qual ele compreende por que com Nuria se aproximou tanto de suas raízes, ao passo que com sua mulher se afastava delas. Que contradição! Esse retorno às origens não é absolutamente um *fatum*, mas uma libertação. Porque o nascimento, da mesma forma que o amor, é um acidente e não exatamente um destino, como a morte. Sim, com Nuria, ele de fato sentiu isso. Mesmo se sua cultura ancestral o condena a interpretar como destino todos os acasos, encontros e imprevistos da vida...

O efeito da maconha o faz perder o fio de seu pensamento que ele queria repetir para Rospinoza. Preso na armadilha do labirinto de seus impasses, ele continua sem voz. Rospinoza, menos prisioneira do que ele, quebra seu mutismo dizendo que Nuria não entende até hoje por que a mãe vive sua desilusão conjugal como destino.

— Ela sofria, Nuria.

— Sofrer com o casamento de seus pais?

Rospinoza faz "sim" fechando os olhos como se, em seu âmago, pedisse perdão a Nuria por traí-la revelando o que ela escondia de Tom.

— Seu pai é um escritor de renome no país, parece. Um intelectual. Mas orgulhoso, misógino, ciumento e beberrão, que bate na mulher e nos filhos. Nuria não entende por que sua mãe continua com ele, uma vez que é inteligente, educada, não apenas autônoma, mas indispensável para a família!

— Como se chama o pai?

Rospinoza recua ligeiramente.

— Não sei.

— O sobrenome dele?

— Não sei, caro amigo — ela se aproxima dele, tomando seu braço. — E, mesmo se eu soubesse, não contaria — diz ela num tom sagaz, fazendo Tom rir, enquanto continua seu inquérito:

— Ela ainda vive com os pais?

— Não, ela os deixou há alguns anos, muito antes que eles voltassem a seu país de origem. Ela não quer mais ver o pai. Tem medo de sua tirania monomaníaca. Mesmo intelectual, mesmo dito moderno, mesmo no exílio, aqui na Holanda, ele exigia que sua mulher usasse o véu azul...

— *Tchadari*?

— Isso, obrigada. E você sabe por quê?

— Por tradição, imagino. Porque em nosso maldito país, mesmo os comunistas se apegam às tradições.

— Ela teria preferido essa tradição religiosa à doença amorosa do ciúme. Ele quer cobrir sua mulher não para respeitar a religião, ou para não deixar que outros vejam seu rosto, nem para impedir que ela possa olhar os homens. Mas para que ele não possa ver a mulher olhando os homens! Você se dá conta?

Ela acende seu baseado apagado.

— Eu nunca tinha ouvido uma história como essa. Ao mesmo tempo, acho essa obsessão magnífica.

Tom parece desaprovar. Ela continua:

— E adivinha o que Nuria disse ao pai? — ela ri. — Que ele deveria era furar os próprios olhos! Bateu a porta e deixou a casa de uma vez por todas. Depois... — ela se cala.

Tom, sem saber como interpretar esse silêncio repentino, tenta quebrá-lo com uma pergunta qualquer.

— Ela vê a mãe?

Rospinoza olha para ele de forma a sublinhar sua indiscrição.

— Seu pai voltou para o Afeganistão, sua mãe se juntou a ele. Não podia viver sem ele. É evidente!

— Por que é tão evidente?

Ela não responde; fuma. Depois, mexendo a mão como para dizer "cabe a você me dizer", deixa Tom imaginar aquilo que quiser ou puder, e, depois de alguns passos, ela para outra vez, tentando olhá-lo sob a luz de um lampião.

— Em todo caso, vocês, afegãos, vocês têm qualquer coisa de intrigante, que nós gostaríamos de entender.

Um sorriso amarelo se desenha nos lábios de Tom.

— Porque somos bons cavaleiros, bons guerreiros, bons vilãos, bons muçulmanos — diz ele com certa ironia, imediatamente interrompida pelo riso de Rospinoza.

— Diria que vocês não se orgulham desses valores ancestrais que nós, ocidentais, adoramos descobrir em vocês.

— Mas não em vocês.

— Absolutamente.

— Então, se captei direito, ela saía comigo para entender o que torna o seu pai afegão tão desejável para sua mãe. Eu espero que ela não tenha se decepcionado! — ironiza ele com uma raiva abafada que não escapa a Rospinoza.

— Como você é suscetível! Eu não acredito que tenha sido essa a ideia. Ela é mais inteligente do que isso. Queria, sem dúvida, ter uma experiência amorosa e sexual com um homem de suas origens, é isso. Não para imitar sua mãe nem foder com um homem da idade do pai, pondo em prática lições do repertório freudiano. Ela também está em busca de um *homem originário.*

Dito isso, ela imediatamente se deu conta de sua mancada. Lança, então, um olhar furtivo para Tom, esperando que ele não tenha ouvido nem compreendido. O silêncio carregado de Tom mantém a dúvida. Para distraí-lo, ela lhe pergunta se conhece a história de um mandarim apaixonado por uma cortesã, relatada por um autor francês.

— Não — responde ele. Ela prossegue:

— Eu serei sua, diz a cortesã, depois que você tiver passado cem noites me aguardando sentado sobre um banquinho, no meu jardim, sob minha janela. Mas, na nonagésima nona noite, o mandarim se levanta, coloca o banquinho debaixo do braço e vai embora.

Assim Rospinoza conseguiu desviar Tom de seu sentimento de fracasso. Ele reflete agora sobre a moral do conto. Deveria ele também tomar seu banquinho debaixo do braço e ir embora? Mas foi ela quem partiu, diz ele primeiro silenciosamente, depois para Rospinoza.

— Sim, porque é ela quem o esperava — diz ela com uma certa segurança.

— Ela me esperava?

— Sem dúvida. A prova de amor, ao contrário do que se pensa, é a espera, não o ciúme!

— Mas eu estou aqui. Sou eu quem a espera, não ela. Não, ela não me esperou, não.

— Você sabe por que o mandarim foi embora?

Tom reflete.

— Não busque a resposta, meu caro Tom. Há várias. Todas verdadeiras, todas falsas. Qualquer uma poderia apagar o charme do conto. Não haveria mais história. E o amor, antes de mais nada, é uma história sem moral, sem fim.

Ela se cala, deixando Tom reconstituir o relato inacabado do amor entre ele e Nuria.

— É melhor viver uma história incompleta do que completa. Para não parar de repensá-la, para, a cada rememoração vivê-la de outro jeito, mudando os detalhes, as situações, os sentimentos, à sua maneira. Viver no maravilhoso! — Ela se encosta em Tom. — Vamos beber.

Ele tem sede e quer ver Nuria. Só isso. Essa história nada mais é do que uma *mise en scène* cujo fim já se sabe: Rospinoza vai levá-lo a algum lugar onde Nuria o espera.

Ela o convida para um bar cheio de gente, mas falta Nuria. Ao fundo, uma grande tela de televisão difunde imagens turvas e tremidas registradas por um talibã, Deus sabe com que aparelho. Filmadas de longe, essas imagens mostram inicialmente o grande Buda, silencioso, majestoso, no flanco da montanha, e, de repente, uma enorme explosão, fogo, pó, e depois nenhum barulho, somente a voz de dois homens que gritam:

— *Allah-o-akbar* — duas vezes, e em seguida: — *Mâshâ-allah*!

E nada mais.

Quinze séculos de história viram cinzas e pó. A História tem essa mesma fragilidade instantânea e essa mesma gravidade imediata que a vida de Tom.

— Um gim-tônica para nos acordar; o que você acha, caro amigo?

Ele balança a cabeça, concordando, sem desviar o olhar desesperado da tela.

— Eles finalmente os destruíram — diz ele, tristemente.

— Que imbecis! — exclama ela, tirando o casaco. Os gins-tônicas são servidos. — Você visitou os Budas?

— Não. Mas, antes de a guerra começar, meu pai trabalhava na agência oficial de turismo afegão e ia lá frequentemente. Ele, inclusive, perdeu a vida nesses vales, no famoso lago Band-é Amir, num dia em que mergulhava com turistas.

— Sinto muito.

Após um breve silêncio de luto, Tom conta ter lido uma vez nas anotações para turistas de seu pai que, no século XIX, um viajante hindu de nome Mohan Lâl afirmava que teriam sido os cinco irmãos Pandava, famosos personagens do Mahabharata, a criar essas estátuas durante o exílio nos vales de Bâmiyân. E o terceiro Buda gigante, deitado na posição de nirvana, que outro viajante, um monge budista chinês do século VII, acreditava ter visto, seria, na verdade, uma serpente gigantesca, petrificada por um dos irmãos. Mas os muçulmanos dizem que é um dragão morto por Ali, o genro de Maomé.

Ali no Afeganistão? Isso deve surpreender todo mundo. Mas é próprio da cultura ancestral de Tom transformar toda e qualquer realidade do passado em lenda, e viver assim na ficção. Eternamente.

Rospinoza sabe disso, mas diz que não entende se é para dar um sentido à História, ou para não acreditar em sua crueldade. Isso parece bonito demais para Tom, que enxerga nessa tradição uma forma de negação. Basta ouvir as lendas em torno das estátuas de Buda. Um dia, os afegãos inventarão um conto sobre a destruição desses ícones. Antes dos talibãs, já houve tentativas de destruí-los. Uma rainha afegã tinha mesmo ordenado que seus braços e pernas fossem amputados. Um outro havia destruído os rostos para deformá-los, uma maneira de impedir os adoradores de venerá-los, pois não eram mais perfeitos. Depois, para esquecer ou justificar esse vandalismo político e religioso, mil e uma fábulas surgiram.

Surpresa com a longa explicação de Tom, Rospinoza desata a rir e, entre duas gargalhadas, tenta analisar:

— Com vocês, a História não gagueja, mas se repete como um conto.

— Exatamente. Tudo já está escrito, visto e entendido!

Ela se apressa a dizer mais alguma coisa, mas uma mulher, com jeito de antiga hippie, vem cumprimentá-la.

— Eis uma amiga que viajou em seu país.

Com certeza, Tom reconhece de longe esses viajantes, assim como o que dizem sobre sua terra. Sempre as mesmas palavras, sempre os já ditos: "Oh, um cavaleiro afegão! Conheci seu país antes da guerra. Que país magnífico." Blá-blá-blá.

Tom não tem vontade alguma de ouvi-la.

Levanta-se, sai do bar, deixando a mulher e Rospinoza saudosas de um país no qual "não se sabe se estamos no começo ou no fim do universo".

Uma vez lá fora, ele respira profundamente e fica diante da porta um bom tempo. Aonde ir? Voltar ao hotel? Vontade zero.

Ele vaga.

É a primeira vez que essa cidade lhe parece labiríntica, como seu pensamento. Impossível achar uma saída, ele passa e repassa pelo mesmo caminho. Tem a impressão de que não poderá jamais sair de Amsterdã, que ficará lá até apodrecer nas profundezas dos canais.

26

Yûsef abre os olhos, volta a si, deitado sobre a cama de Dawood — cujo corpo jaz na soleira da porta, o machado afundado entre as pernas. Olhar frio fixo sobre o cadáver, Yûsef se endireita. Tenta entender o que aconteceu. Onde ele está? Por que esse cadáver? Por que tanto sangue em suas roupas? "Deve ser um pesadelo." Ele fecha os olhos. Abre-os. "Então eu o matei, esse *cosmâdar*!", diz ele, com certo orgulho. Ele se levanta e sai, passando sobre o corpo de Dawood, depois, sem hesitação, sobre o de Nafasgol. "Fui eu mesmo quem os matou?" Atordoado, ele sai no pátio. "Onde está Shirine? Ela deve ter ido embora. Sim, ela foi embora. Foi embora depois de ver o massacre. Eu preciso encontrá-la. Eu vou encontrá-la, trazê-la para casa, nossa casa. Lâla Bahâri vai me ajudar, é certo. Como sempre. Ele, ele sabe tudo, conhece tudo. É um sábio. Mesmo que Shirine tenha uma queda por ele, é um homem, verdadeiro, ele não trairá jamais seu amigo, vai trazê-la para mim. É um valoroso *kâka*. Um *kâka* dos tempos antigos, como Sorkh Pahlawân."

Chegando em frente à porta, para. "O que fazer com os corpos? Enterrá-los no jardim? Não, Shirine deve vê-los mortos, sem alma. Para que saiba que tudo acabou; senão, vai achar que eles foram para algum lugar, que vão voltar. Ela não vai ousar viver nessa grande casa. Mas ficará feliz em viver aqui. É seu sonho. É o que importa, que ela seja feliz. Orgulhosa de mim, Yûsef. Ela nunca teve orgulho do carregador de água. Ela o desprezava. Certamente. Eu também, eu o desprezava. Ele também desapareceu. Acabou tudo. Está tudo bem."

Fora, tudo está calmo essa noite. A lua ilumina o caminho. "Ela me ajuda também, a lua. É o olho de Kheing But, de Shirine. É por isso que é branca, é por isso que me guia em sua direção. A lua é minha lanterna."

Sem vivalma na rua. "Ninguém deve ter me visto sair da casa de Dawood, de nossa casa. Ninguém saberá que sou eu o assassino. Exceto Shirine, claro. Sou eu quem lhe dirá. Para que tenha orgulho de mim, para que não tema mais; saber que estou lá para protegê-la. Nada lhe acontecerá. Nada!"

De meias, ele percorre as três ruas que o conduzem à casa de Lâla Bahâri. "Já faz um tempo que não vou à sua casa." Ele nunca lhe pede água. Jamais! "Por quê? Talvez ele ainda tenha um pouco de água em seu poço. É possível, sua casa fica ao lado da fonte; eu sinto mesmo seu odor na gruta. Sim, ele tem água doce e morna, ele também." Não precisa do carregador de água. Antes ele pedia água para sua árvore. Árvore estranha da qual toma conta de um jeito delicado. Uma árvore sagrada, sem dúvida. "Eles são bizarros, esses hindus. Mas são gente boa. Especialmente ele."

Ele para diante de uma porta azul, pega o velho puxador e bate; mas o zumbido de um gerador de eletricidade no pátio vizinho, invadindo a casa e a rua, abafa o som de suas batidas. Ele pega uma grande pedra, bate na portinhola. E espera. Ninguém vem. Ninguém escuta.

"Eu não posso esperar. Vou arrombar a porta. É de metal, metal ruim. Ainda me resta um pouco de forças. Sem dúvida, as últimas."

Um golpe, e a porta se abre. O jardim está vazio. A árvore sagrada foi arrancada, cortada. O tronco e os galhos estão amontoados no lugar onde foi plantada. "Não, não foi Bahâri que a cortou. Ele jamais teria feito isso. Essa árvore era sua vida. Ele teria preferido morrer de frio a se aquecer com essa madeira. Alguma coisa estranha está acontecendo. Deve haver outra pessoa, um invejoso, que veio assassiná-lo, apoderar-se de sua casa, desenraizar sua árvore. Eu não permitirei que ninguém faça isso com Lâla Bahâri." Seu olhar recai sobre um machado, que ele pega. É menos pesado, parece, do que aquele com o qual matou Dawood e Nafasgol. Ele pode erguer esse machado e golpear alguém, sem grande esforço.

Há uma luz fraca no corredor. E um ruído de passos. Yûsef anda na ponta dos pés. Não cruza com ninguém no corredor; o barulho vem de baixo, do subsolo. Todos os cômodos estão iluminados por velas, exalando incenso.

Um silêncio repentino.

Seus pés se imobilizam sobre o patamar. Do subsolo, ouve-se de novo o barulho de passos. A sombra de um corpo feminino começa a dançar na parede da escadaria. Com muito charme. Ela se aproxima, cresce; depois se afasta, encolhendo e crescendo.

Não há, portanto, talibãs na casa.

O machado treme em suas mãos,

como seus pés,

como a escadaria,

como a chama das velas,

como a sombra da dançarina...

Ele desce mais um degrau, depois dois, três. Até o subsolo. Um salão magnífico, cheio de fumaça de incenso. É preciso se acostumar à luz amarela e vermelha para distinguir nos quatro cantos do quarto estátuas de Buda, desenhos obscenos de um casal hindu, como aqueles do pequeno livro que Lâla Bahâri lhe mostrou. E, no centro, esta mulher que dança, uma hindu, lindamente maquiada, adornada com bijuterias, coberta com um *sari* transparente. Através do tecido, os seios balançam com beleza e suavidade.

Ela está com os olhos fechados. Cabelos molhados. Corpo coberto com óleo.

Não é a esposa de Bahâri. Não. Yûsef conhece a mulher, era grande, corpulenta, mas essa, a dançarina, seria... Shirine?

O machado se torna pesado, suas mãos ficam fracas e soltam-no. Seu pé não sente o golpe da lâmina. Todo o corpo está paralisado. Exceto seus olhos. Eles observam Shirine dançar como uma indiana. Ele olha. Admira. Maravilha-se ao vê-la transportada alhures, longe desta terra maldita. Ela não se incomodou nem mesmo com o barulho do machado caindo no chão, machucando o pé de Yûsef. Ela se vira, como uma chama. Suas mãos se levantam, seus dedos esboçam formas invisíveis que a fumaça exalta. Ela dança nos silêncios de uma música. "Ela está de fato possuída. Possuída por Lâla Bahâri, e Lâla Bahâri pelos Budas; e eu, possuído por ela. Não faz mal. É bonito. Que ela não pare." É a primeira vez que ele vê os seios de Shirine. Aliás, a primeira vez que ele vê os seios de uma mulher. "São belos e alegres; cheios de água doce e morna. De néctar!", pensa.

Ela se aproxima dele, mas não o vê. No entanto, tem agora os olhos abertos. Sua mecha acompanha com a delicadeza habitual o movimento de seu corpo.

Tudo isso graças a Lâla Bahâri. Onde está ele?

Ela deve saber, mas ele não quer interrompê-la.

Que ela continue a encantar Yûsef.

27

Um barco, som ensurdecedor, cheio de jovens turistas — sem dúvida para "enterrar", ou melhor, "afogar", como diz Nuria, a vida de jovem solteiro —, atravessa o canal Singel. Ele deixa atrás de si um serpentear de ondas, nas quais se perde o olhar de Tom, sentado num banquinho.

Uma mão pousa sobre seu ombro. É Rospinoza, que aparece atrás dele como um anjo guardião. Ela ficara preocupada com ele. Ele não diz nada, sacode a cabeça para dizer que "está melhor". Ela se senta a seu lado, fumando *marie-djân*, para usar o trocadilho que Tom tinha soprado para Nuria. Expressão que faz muitas vezes aflorar um sorriso nos lábios de Rospinoza. Depois de um longo silêncio, ela diz que Nuria tinha feito outra imagem dele, a de um *bon vivant*, entusiasta, eloquente.

— Mil desculpas por esse silêncio. Fumei demais, acho.

— Não tem problema. O desamor é mudo — retruca ela, olhar fixo nele. — Você se incomoda se eu falar? Posso ficar calada, embora não saiba como. Ou, então, deixo você sozinho.

Tom se vira para ela, faz não com a cabeça, depois responde:

— O desamor é mudo, como você diz, mas não silencioso. Felizmente você está aqui. Preciso de você.

— Você sabe tornar as pessoas indispensáveis. Gosto disso — ela dá uma tragada e pergunta a Tom se ele não acha que o amor é tagarela. Ele concorda. Então o silêncio, de novo, até que Rospinoza prossegue, mais assertiva.

— O amor é loquaz. Tem seu dicionário, sua gramática, sua voz, em resumo, sua própria literatura, graças à qual sobrevive. — Uma pausa, uma baforada e espirais que transportam sua voz doce, perguntando como seria para um iletrado, alguém que não tem a literatura do amor. Com que palavras nomeia seus sentimentos? O que pensa de suas emoções, seus desejos?

Tom não sabe o que responder imediatamente. Ele se questiona. Se não há amantes iletrados, como então interpretar as canções e os poemas populares que só falam de amor e, em seu país, são recitados por homens e mulheres analfabetos?

— Como em toda parte. Mas aí ainda se trata de poesia — retruca.

A resposta poderia encantar Tom que, antes de conhecer Nuria, pensava que amor nenhum precede as palavras. Todos os amores não fazem outra coisa além de imitar a literatura, mais do que inventá-la. Porém, desde aquele encontro, ele não sabe mais se é possível falar de amor sem tê-lo vivido.

— Acredito — conclui Rospinoza — que eles se criam um ao outro, ao mesmo tempo. Mas sem as palavras não existe história, caro amigo. Não há nada além de gestos e símbolos. É, sem dúvida, a razão pela qual os *amores originários*, de pessoas simples, analfabetas, iletradas, nos parecem ingênuos, *kitsch*. Porque são viscerais! Além disso, é preciso nomear de outra forma essa paixão original. A palavra amor tornou-se, por causa de sua abundante literatura, muito banal e cerebral. Eu a chamaria de *amância*. Além disso, é mais bonita. Você não acha?

— Amância?... Sim, é mais bonita.

— No entanto, são os mesmos acontecimentos, as mesmas situações, os mesmos sentimentos que para os outros — poetas, grandes filósofos... Diria que para esses homens das letras e dos sonhos, o amor é apenas uma matéria sobre a qual pensar, glosar, fantasiar para criar... enquanto para os outros, trata-se simplesmente de um estado e nunca de uma prova.

Tom reflete, balança a cabeça como para lhe dar razão, pensando nos amantes afegãos sob o terror dos talibãs, para os quais toda canção e toda poesia de amor são proibidas. No entanto, eles só vivem no desamor.

— Sim, o amor joga com a palavra — repete Rospinoza em voz alta, como para se convencer de sua intuição. — E o desamor joga com o silêncio — ela dá uma tragada profunda, então: — Tome! — ela estende o baseado a Tom, que o segura e também dá uma longa tragada. Ele tosse, respira espasmodicamente.

— Devagar, é do negro afegão! — diz ela de um jeito que faz Tom rir. — Eu não quero que nossa querida Nuria leia amanhã no jornal um relato policial dizendo que o corpo de um afegão de vinte e cinco anos foi encontrado, mas com os papéis de um francês de... você tem que idade?

— Quarenta e cinco — responde ele, pensando no destino de Chet Baker, contado por Nuria tal como no relato policial. Exatamente com as mesmas palavras com que Rospinoza acaba de falar dele, Tom.

— Qual seu signo astrológico?
— Afegão!

Ela o observa por um tempo suficiente para entender o que Tom quer dizer, então começa a rir:

— De fato, o afegão é um astro em si.
— É, antes de mais nada, um belo desastro — replica ele com um riso amarelo.

— Tom, o desastro afegão! — exclama ela como para apresentá-lo a um público invisível.

O acesso de riso dos dois invade o canal. Eles se deixam levar pela alegria. Risonhos, não conseguem pronunciar uma só palavra. Tom se contorce; os rins doem e ele respira com dificuldade. Seu rosto torna-se pálido. A cabeça gira, provocando vertigem. Ele se agarra ao braço de Rospinoza, que joga a cabeça para trás. Ela não ouve mais o riso de Tom e reabre os olhos.

— Está tudo bem?

Ela para de rir, e sua mão direita acaricia o rosto de Tom. Ele diz "não", retira sua mão, desculpando-se.

— Não, eu queria dizer: não está tudo bem. Me sinto mal.

O seu riso recomeça; mas ela logo o reprime e entrega sua garrafa de água a Tom, que bebe devagar. Nada muda. Seu estado de *sar-gardân* se agrava ainda mais. Ele treme, tem frio, seu coração bate. Rospinoza o toma nos braços.

— Você quer voltar?

Tom concorda.

Eles seguem caminho, grudados um no outro.

Atravessando uma ponte, Tom diz que seu hotel é no outro sentido, mas Rospinoza não quer que ele passe a noite sozinho; leva-o para a casa dela, a dois passos da ponte. Tom não tem forças nem para resistir, nem para abraçá-la. Ele a segue.

A chuva recomeça.

— Merda! Perdi meu guarda-chuva.

— Chegamos.

Ele sobe as escadas estreitas com dificuldade até o quinto andar. É um grande apartamento, quase vazio. Única presença, um gato, que vem se esfregar contra o pé trêmulo de Tom.

— Preciso me trocar — diz Rospinoza desaparecendo no corredor. Tom escuta enquanto ela lhe diz vagamente para deitar no sofá; voltará em alguns instantes.

Tom não pode fechar os olhos, fica tonto. Nem pode permanecer deitado, sente como se caísse. Senta-se de novo, tenta respirar lenta, profundamente. Tudo se acalma.

O apartamento não tem nada de excepcional, é simples, minimalista, relaxante. As paredes estão nuas. Nada perturba o olhar, salvo uma longa estante de livros, um aparelho de som, CDs largados em uma mesa baixa.

Ele se levanta, vai abrir a janela. Enche-se de ar fresco. No apartamento em frente, no mesmo nível, um homem está de pé como uma estátua atrás de uma janela de vidro, contemplando Tom, que, incomodado, se inclina para para outro lado. A cidade está calma, uma chuvinha cai devagar. Nenhuma sombra errante às margens dos canais.

— Você vai ficar com frio — a voz de Rospinoza se eleva atrás dele.

Ele se vira e a descobre sem turbante, cabelos longos, muito longos, cobrindo seus ombros e seios, usando um vestido quase transparente. Aproximando-se de Tom, deixa seu corpo expressar audácia e charme para desafiar o tempo que se desenha há alguns anos sobre seu rosto.

— Se você quiser tomar um banho.

— Primeiro preciso ir ao banheiro.

O WC é pequeno, paredes recobertas de pedaços de papel disparatados, todos rabiscados, com citações de todos os tipos. Passa os olhos rapidamente, e seu olhar se fixa numa frase que ele adoraria reter: "La Rochefoucauld: A violência que infligimos a nós mesmos para nos mantermos fiéis àqueles que amamos não vale muito mais do que uma infidelidade." Ele lê as outras citações, mas retorna a essa, da qual já esqueceu as palavras exatas. Ele arranca o papel e o desliza no bolso da calça. Vai se juntar a Rospinoza, sentada ao pé do sofá.

— Está se sentindo melhor?

— Sim — diz Tom, tentando manter um ar sereno diante de seu corpo quase nu.

— Você ainda está um pouco pálido. Venha, deite-se — diz ela, com uma autoridade terna. Ele obedece.

— Não feche os olhos. Respire devagar e regularmente.

Ela pousa a mão sobre seu fígado.

— Você está pegando fogo. Precisa de água.

— Eu não posso beber.

— Falo da água metaforicamente.

— Perdão.

— A fonte de água está no seu *ayin*, a décima sexta letra hebraica, cujo pictograma é o olho e a fonte. A parte do corpo associada a essa letra é o fígado. Sua fonte secou. Você se esvaziou de sua seiva. Você sabe, oitenta por cento de nosso corpo é composto de água.

— Parece.

— Somos todos carregadores de água!

— Mas eu, eu me sinto principalmente transportado pela água!

— Eu sou o dilúvio — diz Rospinoza, beijando-o. Ela desliza a mão sob a camisa de Tom para acariciar a área de seu órgão vital. — Seu fígado está queimando — ela se inclina sobre seu rosto, fixando os olhos. — Seus *ayins* estão secos — ela pousa os lábios sobre o olho esquerdo. — Não tenha medo, isso não é esoterismo — depois sobre o olho direito. — E sim erotismo cabalístico!

Então ela ri zombando de si mesma. Tom entra na galhofa.

— Estou com sede — diz ele entre duas risadas. A frase faz Rozpinoza retomar seu deleite verbal.

— Uma fonte que tem sede? — ela ri ainda mais forte e se lança sobre Tom. A hilaridade dos dois faz com que os olhos do gato se abram. E, sob seu olhar inquieto, eles se abraçam, tomados por um riso louco que não dura muito. Acariciando as costas de Rospinoza, Tom percebe que toca um corpo perfeito, firme como o de uma mocinha, com a pele suave, úmida, mas avariado, tatuado de cicatrizes. Por todos os lados, nos ombros, nos seios, nas nádegas.

— São cartas de amor — diz ela, tirando totalmente o vestido. Tom volta a acariciá-la, fingindo não se surpreender.

— Talvez Nuria tenha lhe contado um pouco sobre a minha vida.

— Um pouco.

— Claro. Mas talvez não sobre minhas cicatrizes. Elas são discretas — ela ri, um riso amarelo. Ao ritmo das carícias, conta: — Estudante, portanto jovem e bem-feita, me entregava à dança erótica duas noites por semana, duas sessões por noite, num cabaré de Paris. Isso me permitia viver confortavelmente. Assim que terminava meu número, me trancava no camarim, para evitar o flerte com os clientes. Era minha condição para dançar. Uma noite, um homem de uns cinquenta anos, muito chique, bonito, estava me devorando com seus olhos verdes. Tarde da noite, quando saí do local, eu o encontrei do lado de fora. Ele me esperava.

— "Esperou à toa", eu lhe disse, "não saio com *voyeurs*!" Mas ele queria me fazer uma proposta. Também tinha uma boate de striptease e queria que eu fosse dançar lá. Por um bom salário, aceitando todas as minhas condições. Exceto que, *pianissimo*, nós nos apaixonamos um pelo outro. Ele me proibiu de subir ao palco. Aí me pediu em casamento, e eu aceitei. Como viagem de lua de mel, levou-me de carro a um lugar estranho, muito longe, desconhecido, o Jardin Clos. Era, na verdade, um antigo convento, propriedade de um homem conhecido como Gilgamesh. Porque, como você pode adivinhar, ele exercia um direito de propriedade: em sua casa, fodia com a jovem esposa, ele primeiro, o marido depois. Isso me divertia. Mas, após algumas noites, tive de passar por outras provações, como nos filmes pornôs baratos. No dia que se seguia a cada noite de sexo, era preciso se trancar em dois outros pavilhões, o Pavilhão da Redenção e o Pavilhão da Misericórdia. No primeiro, eu devia infligir todo tipo de castigo a meu marido, para que ele fosse absolvido do prazer carnal; no outro, cabia a ele me chicotear, eu, a tentadora. Noventa e nove chicotadas! Foi aí que entendi que meu marido era, no fundo, um crente bem convicto. O proprietário de um lugar profano que precisava se purificar na casa de Gilgamesh. Eu, que não tinha crença religiosa alguma, não queria receber chicotadas. Nem em nome de Yah, nem de Cristo, nem de Alá! Então, levaram-me a um outro pavilhão, no fundo do jardim, o Boudoir, reservado aos renegados, aos ateus. Deixo você imaginar a atmosfera que reinava naquele ambiente. O inferno no paraíso! Ao fim de uma semana, não aguentei e larguei tudo.

Com um gesto gracioso, ela tira os cabelos que cobrem os olhos.

— Mas eu estava completamente perdida. Não sabia mais aonde ir, o que fazer. Não podia mais dançar nem me prostituir, por causa dessas malditas cicatrizes. Minha família, que tinha se oposto a meu casamento, não queria mais ouvir falar de mim. Foi assim que decidi me instalar em Amsterdã e fazer meus estudos de filosofia.

Abri um consultório e criei um grupo em torno de meu nome verdadeiro, Ondine, que eu adoraria mudar para Rospinoza. É o apelido que a pequena Nuria me deu. Lá, ensino a plenitude, o gozo e a alegria às pessoas, com uma única regra: o amor não é um pecado.

Tom não acompanha mais a conversa, está alhures. Mais um golpe de Nuria que o irrita. Rospinoza! Um trocadilho com a palavra persa "rospi", que significa prostituta. É a cara dela, meu Deus! Como é que ele, Tom, não tinha percebido antes? Que ingênuo! Que vergonha! A vagabunda, ela devia zombar dele. Ele se contorce de dor, uma dor interna. E, ainda por cima, essa história que ela havia contado sobre o marido ciumento de Rospinoza, com quem ela havia marcado encontro no Bairro Vermelho...

— Oh, a pequena! — exclama ela às gargalhadas. — Ela lhe contou isso? É a história dela, com seu pai! Ela estava farta daquele autoritarismo, do ciúme violento. Então, um dia, marcou um encontro com ele em frente à vitrine que havia alugado para a ocasião.

Nesse meio-tempo, ela despiu Tom, atordoado com mais essa surpresa que Nuria lhe reservou. Ele pensa nesse pai afegão que descobre a filha vestida de prostituta, atrás de uma vitrine. Ele recomeça a rir.

— Minha vida é engraçada, não é?

— A sua, não! Eu a admiro. Estava pensando na de nossa Nuria.

— Foi depois dessa história que o pai dela decidiu voltar para o Afeganistão. Mas, agora, não pense mais nisso. Descanse! — diz ela acendendo uma vela.

O gato dorme.

Ela apaga as luzes.

E se deita sobre Tom.

28

Yûsef se surpreende por estar envolvido numa nuvem de sândalo sem sufocar, sem asma. Fica algum tempo maravilhado diante de Shirine, que continua a dançar, sem um olhar nem uma palavra ao cunhado, como se ele não existisse. Ele quer tomá-la nos braços, mas não ousa interromper a dança. Ele se retira, tão devagar que nem mesmo a espessa fumaça de incenso se mexe. Sobe as escadas. Busca Lâla Bahâri nos cômodos. Em vão. Ele sai da casa. O pátio ainda está vazio e pálido sob a luz prateada da lua.

Yûsef vai em direção a um amontoado de lenha, dá a volta; depois, para na beira do poço onde distingue a ponta de uma escada de corda. Ele se inclina. Do fundo do poço, uma fraca luz se agita. "Então ele está lá, Lâla Bahâri." Yûsef se inclina e grita:

— Lâla Bahâri! — ninguém responde.

Ele desce.

Toca o fundo do poço. É úmido. Há uma passagem subterrânea estreita, iluminada a cada passo por uma vela e invadida por fumaça e perfume de incenso. Esse odor, Yûsef o conhece. "Isso tem o cheiro da loja, tem o cheiro da fonte." Ele segue as velas que, ao fim de algumas dezenas de passos, o conduzem até a fonte, banhada de luz. É a primeira vez que pode ver a gruta, suas paredes ondulantes, suas pedras tão bem talhadas. Ao fundo, distingue a silhueta de Lâla Bahâri, inteiramente nu, enquanto deposita velas e pétalas de flores secas em torno de uma pedra negra e lisa, ereta no centro do pequeno lago esculpido na gruta.

O ar, apesar do vapor e da fumaça, é respirável, perfumado. Agora Yûsef entende por que, em alguns momentos, sentia a presença de alguma coisa na fonte que a escuridão não lhe permitia ver.

Ele se aproxima de Lâla Bahâri que, sem se virar, diz: "Você veio, finalmente, meu *Saghaw*." Yûsef não ousa olhar esse corpo nu coberto de cinzas. Ele tem um colar em volta do pescoço. Yûsef lhe diz:

— Eu não sou o carregador de água, eu sou Yûsef!

Lâla Bahâri se vira. Aqueles olhos vivos, os brincos, a língua vermelha lhe dão medo. Yûsef recua.

— Não tema, Yûsef, sou eu, Bahâri.

Ele se senta.

— Venha, sente-se e beba um pouco de leite.

Ele lhe estende um timbale. Com sede, cola os lábios ternos, prontos para beber em um só gole.

— Devagar, é *bhangaw* — diz Lâla Bahâri.

— Mas isso não tem gosto nem cheiro de leite! — constata Yûsef enquanto bebe. Ele faz uma careta. — É um pouco amargo — diz ele olhando o hindu. — Por que você ficou tão feio?

— Para destruir a ilusão da beleza deste mundo!

Yûsef o observa longamente.

— E você, por que está com o rosto e as roupas cobertos de sangue? — pergunta-lhe Lâla Bahâri. Yûsef olha suas mãos, roupas, meias, todas cheias de manchas escarlates. Pensativo, ele responde calmamente:

— Porque eu matei Dawood e a esposa.

O hindu segura sua mão e o puxa para baixo, para se sentar:

— Por quê?

— Eles tinham expulsado Shirine da casa.

— Entendo. Mas era tão grave assim?

— Sim. Eu achava que a tinha perdido para sempre.

— Mas, como você vê, ela está aqui.

— Sim, mas eu não sabia.

— Ora, se você não sabia, por que os matou? — A pergunta cala Yûsef. Perturbado, ele não sabe o que responder. Falar de Dawood, de sua cobiça? Não, isso faz parte do passado.

— Eu estava simplesmente possuído pelo frio, pelo cansaço, pela raiva.

Lâla Bahâri se inclina para ele:

— Eu sei por quê — a seu olhar inquieto, ele responde: — Porque você não sabe expressar seu amor por Shirine.

— Meu amor por Shirine? Não. Como assim, meu amor? Ela é minha cunhada, eu gosto dela, devo protegê-la, é a honra da família.

— Sim, isso também! Mas você já me falou isso mil vezes. Entendi no dia em que me disse que queria que ela voltasse para casa. Por que não admite que está apaixonado por ela?

— O que você está dizendo? Não! Não! É a mulher do meu irmão. Ele foi embora. E ela, ela o espera. É preciso que ela espere. E eu também espero meu irmão. Ele voltará logo.

— Pare, Yûsef. Você sabe do que estou falando. Não trema. Tire suas meias, faz calor aqui. Você está com frio...

— Não, eu estou... — ele gira a cabeça lentamente. A luz se torna cada vez mais densa. Ele diz a si mesmo que ama a doçura deste lugar. Aqui tudo para, tudo desaparece. Não há mais ontem, nem hoje, nem amanhã. Aqui é um outro plano que Yûsef não sabe definir. Ele só sente a inexistência. Nessa noite, há também Lâla Bahâri, seu perfume, suas palavras.

Ele tem vontade de beber água doce e morna. Ele apanha um pouco com as mãos. É boa! Então ele bebe *bhangaw*. Fica um bom tempo sem dizer nada, e de repente:

— Eu não posso estar apaixonado por ela.

Lâla Bahâri pousa a mão sobre sua cabeça, como para acalmá-lo. E consegue. Ele diz com sua voz doce:

— O amor não é um pecado — e lhe pede que tire as roupas e tome um banho na fonte. Sua voz não é mais a mesma, vibra, como se viesse de longe. Seu rosto reflete toda a luz das velas.

Yûsef se despe e desliza para dentro da fonte, mas Yûsef o retém:

— Antes, olhe-se na fonte, *pâni*. É o primeiro espelho da humanidade. Com ela, você se duplica.

— Mas meu pai proibia. Dizia que a fonte era o olho da terra, que não se deve olhar dentro. Caso contrário, ela guardará minha alma em suas profundezas.

— E então?

— Um dia, ela nos engolirá...

— Para levá-lo às suas origens.

— Não, o Alcorão diz que o homem é feito de argila...

— Então por que você não se alimenta de terra? Enquanto isso, sem água, você não pode sobreviver nem por um dia. Mesmo aquilo que brota na terra, brota graças à água. *Pâni! Pâni!* Ela é nossa alma. Reflete seu corpo, adquire a forma de tudo que a absorve. *Pâni! Pâni!*

Ele cantarola um canto hindu, depois se inclina em direção a Yûsef.

— É o sonho de um hindu voltar a seu estado de origem, para além da morte, ao nada! O nada é nossa matriz e nossa busca primordial. Inclusive para vocês, muçulmanos. Sabe que, em sua profissão de fé, vocês têm duas palavras. Rahman e Rahim, os atributos do Alá clemente e misericordioso, que têm a mesma origem: *rahém*, que quer dizer... *útero*!

Yûsef se cala. Ele se dá conta de ficar estranhamente sereno ao ouvir essas palavras sobre sua profissão de fé. Antigamente, teria tapado as orelhas com as mãos, maldizendo o pensamento hindu que revela nele a dúvida. Mas ali, nenhuma culpa. Nem dúvida. Nem certeza.

— É o que chamamos beatitude — diz Lâla Bahâri como se lesse o silêncio de Yûsef. — Agora, desça!

Yûsef desce.

— Depois de tantos anos! — ele diz a si mesmo, mergulhando na fonte. Deixa a cabeça longamente sob a água, abre os olhos e vê as pedras brilhantes. Ele acredita que estão ao alcance da mão, tenta pegar uma. Tenta. Tempo perdido. Seria preciso descer ainda mais, mas Lâla Bahâri o puxa para fora da água:

— Você quer se afogar?

— Eu queria pegar uma pedra brilhante — diz ele como uma criança desesperada.

— Eu pego para você — diz Lâla Bahâri descendo na fonte. Pega duas, deposita-as na mão de Yûsef, cujos olhos estão deslumbrados.

— Obrigado!

Fora da água, Lâla Bahâri convida Yûsef a ir até o fim da gruta, ao pé da pedra levantada, e deita-o de bruços. Ele despeja óleo sobre seu corpo. Tudo é agradável.

A suavidade de sua mão deslizante, sua respiração de um ritmo particular, a temperatura da pedra sobre a qual Yûsef está deitado. Lâla Bahâri lhe diz.

— Você viu a árvore?

— Você a cortou?

— Sim. Eu nunca lhe contei por que ela era tão importante.

— Não, nunca.

— Na minha tradição, para cada criança que nasce, planta-se uma árvore que vai crescer com ela. Quando morre, é com sua madeira que a incineramos.

— Então, por que você a cortou?

— Eu fiquei no Afeganistão para morrer. Queria ser reduzido a cinzas ao pé dos Budas. Mas agora não tenho mais vontade de ficar aqui. Posso voltar para o lugar de onde vim.

— Vai voltar para a Índia?

— Não, meu querido amigo, nós viemos da água e morremos no fogo. Eu vou primeiro até o fundo desta fonte. De madrugada, meu corpo subirá à superfície. Você vai colocá-lo sobre a estaca e atear fogo.

Yûsef se vira para vê-lo, descobrir seu rosto quando diz isso. Ele não consegue ver nada em detalhes.

— Você quer morrer?

— Eu me transformo. Passo de um estado a outro. Da carne ao éter.

— O que está dizendo?

O hindu empurra violentamente sua cabeça contra a pedra.

— Não se mexa mais e não fale até que eu peça. Escute! Na verdade, não me chamo Bahâri. Eu era Anousbsing, um *sikh*. Você conhece uma parte da história, mas não essa que eu vou lhe contar agora. — Ele bebe um gole de *bhangaw*. — Quando me converti ao budismo, fui para a Índia, em busca de uma Via. Conheci mestres que me aconselharam a andar. Mas onde? Para qual destino? Não recebi nenhuma reposta, exceto: "Você vai encontrá-la quando se abrir para você." E então eu me pus a caminho. Eu andava, andava. Dia e noite. Olhar fixado na ponta do meu nariz, e em mais lugar nenhum. Sem referência, sem objetivo. Até o dia em que, sobre uma pista de terra vermelha, senti uma presença silenciosa que se aproximava. Era uma mulher, pequena, ordinária, que andava no outro sentido. Ela me lançou um olhar furtivo, só um, mas tão penetrante que me petrificou. Eu parei. Fiz meia-volta e comecei a andar atrás dela, sem fazer nenhuma pergunta. Ela tampouco. Até a entrada de uma imensa floresta selvagem. Ali, ela interrompeu seus passos e me perguntou o que eu queria. "Seu olhar", foi o que respondi. Ela aproximou-se de mim, olhou-me fixamente nos olhos, silenciosamente, não sei por quanto tempo. Depois, sem me dizer nada, foi embora e desapareceu na floresta. Eu estava cansado, começava a escurecer. Colhi algumas bananas. Eu as comi e mergulhei num sono profundo.

No dia seguinte, ao acordar, encontrei uma tigela de leite e dois *tchapatis*.

Yûsef não ouve mais a voz de Lâla Bahâri. Ele é transportado por suas palavras à fronteira da floresta, sentado ao pé do bananal, bebendo leite, que tem o mesmo gosto do leite que Lâla Bahâri lhe oferecera havia pouco. Ele vê e vive tudo que o outro conta.

— Eu não saía mais daquele lugar. Cada vez que cochilava, alguém me trazia alguma coisa para comer. Ao fim do terceiro dia, decidi não mais dormir. Fingia, olhos fechados, a fim de surpreender meu anfitrião. Era ela, Ananda Devî. Eu a vi. Ela não gostou nem um pouco. Disse-me que eu ainda não estava apto a entrar na floresta que ela chamava Dewdâr Aranya — a floresta onde foi jogado o falo amputado de Shiva.

Yûsef não consegue mais mexer os lábios para perguntar se Shiva, o deus deles, tinha também se tornado um eunuco. Ele fecha os olhos e se vê sentado diante da floresta, atrás de Lâla Bahâri.

— Um dia, ela, Ananda Devî, veio e me levou a um lago, cuja água era doce e morna. Ela me despiu e me empurrou na água.

Yûsef tem a impressão de estar no lugar de Lâla Bahâri, no fundo do lago, mas ele não sabe nadar. Ele começa a sentir uma espécie de pânico, como Lâla Bahâri:

— Eu não sabia como ficar na superfície da água. Tinha medo de me afogar. Ela, toda nua, me envolveu, me abraçou e me manteve debaixo d'água. Quando o ar me faltava, ela colava a boca na minha para me dar seu sopro.

Yûsef não o ouve mais. Quer mergulhar de novo na água da fonte. A voz de Lâla Bahâri se torna uma espécie de barulho estranho, impossível de reconhecer, Yûsef o percebe no fundo da fonte, ainda fala com ele, mas Yûsef não o ouve. Ele sufoca.

— Yûsef!

Ele abre os olhos. Lâla Bahâri ainda está lá, a seu lado. Ele continua deitado de bruços sobre a pedra quente.

— Tudo bem?

Yûsef diz "sim". O outro continua.

— Desde então, mudei de nome. Não sou mais Bahâri, mas Hari. Você não sabe de onde vem esse nome.

Ele o besunta, acariciando-o suavemente, ao ritmo de sua respiração e das palavras que pronuncia como uma reza:

— Aquele que apaga a ignorância e seu efeito é Hari. Aquele que remove e destrói quaisquer coisas que não ele é Hari. Aquele que nos livra do sofrimento e nos consola é Hari.

Yûsef não entende nada do que ele diz, mas a forma como se expressa o reconforta. Ele se deixa embalar por seus cantos:

— Enquanto Vishnu dorme, o Universo se dissolve em seu estado informal, o Oceano causal. Os restos do mundo manifesto voltados sobre si mesmos são representados pela serpente Vestígio, Shesha, enrolada sobre si mesma e flutuando sobre o abismo das águas. É sobre essa serpente que repousa o Vishnu adormecido, aquele que chamamos *Nârâyana*, Aquele-que-repousa-sobre-as-águas. Mas seu nome também quer dizer Homem Adormecido.

Yûsef pensa no monstro que, segundo os rumores, se esconde na fonte e sobre o qual falam os habitantes do bairro. "É ele a criatura", diz Yûsef para si mesmo, "Lâla Bahâri", que continua a lhe soprar sua história, despreocupadamente.

— Vishnu também se manifesta através de Krishna. E Shirine é a encarnação de Râdhâ, a favorita de Krishna.

Ele começa a cantar em híndi, depois se inclina sobre Yûsef e lhe murmura ao ouvido:

— Repita o que traduzo para você, mesmo que você não entenda, repita: *O ser supremo Um e Absoluto...*

Yûsef repete cada uma das palavras.

— *O ser supremo Um e Absoluto/ reside no sétimo céu/ o céu do Touro Go-Loka/ era incapaz de gozar dos prazeres do amor/ pois estava sozinho.*

Yûsef não retém mais as palavras. Ele as escuta.

— *Ele se manifesta de forma dupla/ uma luz negra e uma luz branca/ De Râdhâ, a luz branca/ fecundada por Krishna, a luz negra/ nasceram Mahat-tatva, Pradhâna e Hiranya-garbha.*

Yûsef não percebe mais a voz de Lâla Bahâri. Ele se sente leve, flutuando sobre as águas doces e mornas. As águas negras. Não sente mais medo. Lâla Bahâri está a seu lado. Yûsef tem a impressão de que eles estão naquela gruta há anos e anos:

— Vishnu veio ao mundo sob a forma de Buda durante a Era-dos-Conflitos para enganar as classes baixas e os gênios. Buda encarna o poder da ilusão, *Mâyâ,* e do erro, *Moha,* de Vishnu.

Ele lhe pede parar virar o corpo. Yûsef obedece. Ele continua a besuntá-lo, a acariciá-lo.

— Eu não entendo nada do que você diz, Lâla Bahâri. E não quero entender. Eu sou muçulmano.

— E você sabe por que é muçulmano?

Yûsef não tem mais cabeça para pensar e o deixa falar, fazer as perguntas e dar as respostas.

— Porque você nasceu muçulmano, seu pai era muçulmano, seu país é muçulmano.

Ele despeja óleo morno sobre seus cabelos.

— Mas nem sempre foi assim. Antes da invasão árabe, seu país era budista; depois, mesmo convertida ao islã, a população continuava a celebrar os ritos budistas, sem saber. Mesmo hoje.

Yûsef não sabe nada disso. Pouco lhe importa. Ele gosta do que Lâla Bahâri está lhe fazendo.

— Você vê esta fonte? É um templo budista muito antigo.

Yûsef levanta bruscamente a cabeça para examinar a gruta.

— É, sim! — diz Lâla Bahâri, recolocando a cabeça de Yûsef sobre a pedra quente. — Em nosso país, sempre que você vê um mausoléu de um santo muçulmano, saiba que, embaixo dele, há um templo budista.

— Como assim?

— Veja o mausoléu Pir-é Bland, acima de nós. Na verdade, não é o túmulo de um santo, mas o de um soldado inglês, enterrado aqui há um século por seu regimento, na época em que invadiram Cabul. Os ingleses enterraram assim muitos templos budistas por medo de que os muçulmanos os destruíssem. Aliás, você sabe que as estátuas de Buda em Bâmiyân também foram saqueadas pela milícia de um certo Habibullah, filho de um carregador de água que tomara o poder havia quase setenta anos?

— Um kalakâni?

— Sim.

Yûsef pensa em seus antepassados que, como seu pai, deviam lutar contra os kalakânis. Essa guerra não é de hoje.

— Os talibãs conseguiram apagar o sorriso das estátuas?

— Jamais! Ao contrário, o sorriso delas agora está espalhado por toda parte com as suas cinzas.

— De onde vem o sorriso de Buda?

— De sua alegria interior, depois da vitória do amor sobre o ódio.

— Mas como ele pode sorrir para aqueles que o odeiam?

— Pensando no sofrimento que esse ódio lhes provoca.

A mão de Lâla Bahâri mantém firme a cabeça de Yûsef.

— Agora, não pense em mais nada!

— Não consigo!

— O que ainda o preocupa?

— Tudo o que você diz. Penso em meus tataravôs que tinham a mesma religião que você.

— Talvez. Mas pense nisso tudo depois. Agora, me escute: a sabedoria de Buda era tão importante neste país que obrigava os muçulmanos daqui a considerarem o Buda como profeta. Ele foi batizado como Bouddhasef, depois, em árabe, Youzasef, e mesmo Yûsef!

O último nome o agita. Mas Lâla Bahâri o retém firmemente.

— Buda é o profeta Yûsef sobre o qual fala o Alcorão? Filho de Yaku?

— Não, ele vivia muito antes de Buda. Portanto, bem antes do Alcorão. Era um profeta judeu.

Yûsef não sabe mais o que dizer, no que pensar, no que acreditar. Ele diz brincando:

— Eu sou Sorkh Beut, o lutador, combatente valoroso!

Tem a impressão de que tudo está ali para encantá-lo. O Buda, o templo, as palavras de Bahâri, o movimento de suas mãos sobre o corpo dele, o perfume do óleo, a chama das velas, a fonte que lhe murmura coisas, misturando-se à voz do hindu...

— Você vê, tudo muda, Bouddhasef, tudo, como seu país. Tudo corre como a água desta fonte, de forma permanente. Nada fica. Não há nada além da impermanência, mesmo se você voltar depois da morte para viver aquilo que já tinha vivido.

Um espaço, longo, entre essas palavras.

— Eu sei que você não consegue entender o que estou dizendo. Não tem problema. Talvez seja melhor. Senão, você ficaria preso no pensamento dos outros.

— Então por que você está me falando tudo isso?

— Você tem razão. Não serve para nada! Até que você mesmo tenha vivido tudo isso, não vai servir para nada. Apenas vivendo você vai entender. Mas, para isso, é preciso que você guarde essas palavras em si. Um dia, você se tornará aquilo que terá pensado com essas palavras. Deixe-se levar por essas palavras, pelas águas, pela fumaça, pelo perfume, por minhas mãos.

Yûsef sente a graça de suas mãos leves e hábeis não somente sobre o corpo, mas também sob a pele. Como se as palavras pudessem penetrar nele, como o óleo. Yûsef sente. Alguma coisa que vibra, esquenta, descendo entre suas pernas,

se concentra,

faz subir seu pau.

Lâla Bahâri continua.

— Quando você faz amor, você participa da criação do mundo. Você domina seu destino, como um deus.

29

Sob as carícias de Rospinoza, Tom mergulhou num sono profundo, sem sonho ou pesadelo.

É preciso acordá-lo agora.

Ele precisa ir embora.

Sua história *inacaba* aqui. O mundo original não quer saber dele. Ele está condenado a voltar a seu mundo *já vivido*. Ele concorda, a originalidade não passa de uma ilusão banal.

Ele abre pesadamente os olhos.

São cinco horas da manhã sob o céu negro e chuvoso.

Tom se levanta, veste-se silenciosamente, sob o olhar paciente do gato.

Antes de partir, quer deixar um bilhete a Rospinoza: "Obrigado por esses instantes cabalísticos", e pensa em adicionar: "E a Nuria por me ter deixado viver nos seus sonhos."

De repente, sua mão para e suas palavras ficam suspensas na ponta da caneta. "O correio terá passado, Rina terá lido a carta antes de você chegar!"

Ele coloca o papel no bolso, precipita-se em direção à porta.

Não correr.

Não pensar mais.

Contar somente os passos até o carro.

Ao volante, ouvir as notícias.

"Uma cidade no norte da Índia é invadida por salamandras, que envenenam todas as fontes de água da cidade."

Não esperar que haja uma greve dos correios, especialmente entre os dois turnos das eleições legislativas.

"Um acordo foi concluído entre a Air France e as famílias das vítimas do acidente do Concorde, no último dia 25 de julho..."

A sorte foi lançada pela enésima vez... As cartas estão abertas sob o olhar de Rina.

"Kofi Annan, secretário-geral da ONU, prometeu fazer o possível para sensibilizar a comunidade internacional sobre a situação dos afegãos ameaçados de fome..."

Nada consegue desviar o curso de seu pensamento — o destino de sua carta. Rina a terá lido uma dezena de vezes para tentar entender alguma coisa. Ela espera, sem dúvida, o retorno dele, para que ele lhe explique.

Ou talvez ela esteja fazendo a mala agora mesmo para sair de casa. Cabe a ele, então, buscar Lola na escola. Ele vai chegar no horário? O que vai lhe dizer?...

Mil e uma outras questões, todas tão violentas quanto a chuva no para-brisa, impedem-no de se concentrar sobre a estrada. Ele toma a primeira saída em direção a uma área de repouso. Para, pensa, busca as palavras.

O telefone toca outra vez. É Rina. Ele não atende; o que poderia lhe dizer?

— Oi.

— Está tudo bem?

— Sim, tudo bem. Acabei de ler a sua carta.

— Ah! Não era uma carta, mas um trecho de meu romance. Estou, enfim, realizando meu sonho, escrever meu primeiro romance.

— Com nossos nomes verdadeiros?

— Sim, mas tudo é falso. Exceto os nomes.

— Entendi, entendi... você está onde?

— Na estrada.

— Volta para casa?

— Bem, sim.

— Podemos então ir juntos à reunião de pais?

— Sim, claro.

— Volte bem. Beijos — e desligamos.

Como diz Rina, tudo vai acabar passando...

E Tom justificará essa história com a citação que roubou na casa de Rospinoza: "A violência que sofremos para continuarmos fiéis." Ele esqueceu novamente a frase exata. Busca o papel nos bolsos, sem prestar atenção à curva da estrada.

O som do rádio soa mais forte. "Enquanto isso, a Unesco deplora a destruição das duas estátuas do Buda no centro do país."

O volante gira no vazio, os pneus deslizam na estrada molhada. Tom entra em pânico, freia. Nada lhe obedece.

"Nessa ocasião, temos um convidado de renome, um homem erudito, um conhecedor do budismo, que escreveu um livro sobre o assunto com o Dalai-lama."

Não há nada a fazer. Tudo se encadeia irremediavelmente. Ninguém pode interromper a derrapagem. Os pneus giram, o tempo desaparece. Um grito: "Socorro", e ninguém responde.

Tom chama seu duplo, Tamim.

De repente, um barulho surdo, o choque.

De repente, a chuva, a água, o vento. E a impressão paramnésica de reviver o acontecido. Mas de forma diferente.

O mundo se divide, como dois espaços não paralelos, mas dialélicos, que se sobrepõem.

Dois mundos em espiral. Com duas velocidades diferentes. Uma desacelerada, como num espaço sem lei da gravidade; a outra com força total, mais rápida que a vida, sem qualquer limite de velocidade. Qual delas é a lembrança da outra? Qual delas é o sonho da outra? Nem Tom, nem Tamim sabem a resposta.

Da cena desacelerada, Tamim pode perceber seu duplo que vive na outra cena, onde tudo desfila numa velocidade alucinante. Ele quer reter, alcançar Tom. Impossível. Ele grita. Nenhum som sai de sua garganta seca. Tenta se jogar no outro espaço. É como estar numa bolha translúcida, quase fetal. Fechado, sacudido de um lado para o outro. Mas sempre em seu estranho estado de não ter mais peso algum.

Ele não pode intervir e fazer tudo parar.

Nem mudar nada.

Só pode ficar observando.

Sem palavra.

Sem pensamento.

Ele vê Tom ir e vir.

Ele vê e revê tudo nos mínimos detalhes. As nuvens escuras, imóveis, separando a terra do resto do universo e vertendo lentamente gotas de água glaciais para tudo absorver; os estilhaços disformes e cristalinos dos vidros, pendurados em meio às rajadas de chuva; as linhas contínuas e as marcas brancas, espaçadas de forma regular, que se entremeiam suavemente no tapete negro da estrada asfaltada, compondo desenhos entrelaçados.

Ele percebe cada som. As batidas absurdas dos limpadores de para-brisa no vazio; as buzinas ao longe, como para celebrar um casamento triste; o rangido sedoso dos pneus derrapando sobre a superfície molhada de uma estrada, que desce caracoleando; o estalar dos objetos que pairam como figurinhas suspensas sobre a cama de uma criança; os gritos selvagens da chuva, que desafiam os berros perfurantes de uma mulher. Tudo isso, de repente, encoberto pela voz sábia e grave de um homem erudito que fala no microfone da rádio: "Um arqueólogo se baseou nos dados de um grande monge budista chinês, o primeiro a escrever sobre esses Budas. O arqueólogo buscava um terceiro Buda, que estaria em estado de nirvana, deitado em alguma parte do vale, perdido sobre a terra. Ele passou muitos anos nessa busca. Sem resultado. Mas perseverava. Seus mecenas já o tinham abandonado, assim como a equipe. Depois de alguns meses, sozinho, ele decide partir também. Atravessando a planície deserta, ele parou à beira de uma fonte para encher de água seus cantis sem se dar conta de que a fonte era a orelha do Buda adormecido."

Da segunda cena, na qual as coisas acontecem na velocidade da luz, Tom percebe Tamim — que ele ultrapassa feito um *raio* — mexer os lábios tal qual um peixe, sem voz, imitando a filha Lola, para gritar: "*Toshna-stom.*"

30

Sob as mãos de Lâla Bahâri, Yûsef pega fogo. Um suor brilhante percorre todo o seu corpo.

— Vá se juntar a Shirine! Venerá-la! Amá-la! Dar-lhe desejo, *pyâr*!

— Mas eu não sei como.

— Como você lhe dá água, *pâni*. E faça-a gozar!

— Eu lhe dou água quando ela tem sede... Mas o desejo...

— Você sabe que a ama?

— Sim.

— E você sabe por que a ama?

— Agora, sim.

— Então vai saber como amá-la, como despertar nela desejo, como fazê-la gozar. Vá! Ela espera você.

Ele se levanta e lhe sussurra ao ouvido:

— Quando você a tomar nos braços, diga-lhe docemente:

Você ficará grávida de mim
Eu renascerei em você.

Yûsef fica de pé, repete a frase, sem dificuldade. Está leve, sem o peso de nenhuma questão. Não tem mais vergonha de sua nudez. Ao partir, Lâla Bahâri lhe pede para, primeiro, tocar a pedra levantada — é agradavelmente quente. Depois, todo nu, ele toma a via subterrânea que leva ao poço e deixa atrás de si Lâla Bahâri deslizando lenta e silenciosamente, como uma serpente, nas águas doces e mornas da fonte.

Yûsef deixa o poço sob a luz vigilante da lua. Com o *bhangaw*, néctar dos deuses, no sangue, ele não tem frio nem calor. Tudo tem a doçura e a cor da água da fonte. Límpida e morna.

Ele abre a mão, que traz as duas pedras luminosas. Sob a luz leitosa, mudam de cor. São azuladas. Quentes. Com a ponta dos dedos, acaricia-as.

Então fica um longo momento a olhar sua sombra projetada no solo pela lua.

Desapareceu, o arco de suas pernas.

Ereta, a sua corcunda.

O mundo não pesa mais sobre seu corpo.

Tocando seu pau, tem a impressão de drenar o universo nele. Sem mais angústia.

Ele fecha os olhos e os reabre rapidamente, apenas para verificar se não está sonhando. "Estou nos sonhos de Shirine?"

Talvez.

Ele se aproxima da fogueira que Lâla Bahâri acendeu para sua incineração. Ele dá a volta, para, olha. "Eu queimarei Lâla Bahâri ao amanhecer. Aonde irá sua alma?" Ele acaricia a lenha. "Ele deve tê-la deixado ao fundo da fonte." Ele faz deslizar uma das pedras na fogueira. "Eu a salvarei."

A voz estridente do talibã que o havia chicoteado por causa de Lâla Bahâri ressoa em seu espírito: "Os hindus não têm alma."

Melhor assim!

Ele se vira para retornar junto a Shirine. Seu pé bate numa pedra, ele não sente dor. Tudo é translúcido, éter. Tudo é da luz e da água, parece-lhe. Seu olhar busca o chão: "Eu ainda posso acompanhar o traçado de meus passos?" Inclina-se. A sombra da fogueira o impede de ver as pegadas. Ele retorna sobre seus passos, contorna a fogueira. Alí também estão as últimas pegadas de Lâla Bahâri, claro. Impossível distingui-las das suas. Ele nunca tinha visto as pegadas de seus pés nus. Nem as de Lâla Bahâri. "Não importa. Se eu não sinto nada, a terra me sente, guarda minhas marcas. Estão por todo lado, são muitas. Tenho certeza. Preciso voltar. Shirine me aguarda."

Ele avança, exaltado. "Então Shirine me era destinada. Como acreditar?" Dois passos mais longe: "Maldita seja minha mãe!"

Ele entra na casa. Tudo está calmo. Nenhum barulho de passos. As velas dançam sua última chama, mas não a sombra de Shirine. "Ela dorme, Shirine. Está muito cansada. Não devo acordá-la." Ele desce as escadas, na ponta dos dedos. Lentamente. A fumaça do incenso não é mais tão densa quanto antes, mas seu perfume ainda perdura. Envolvente.

Ele desce ao subsolo, abre a porta. Shirine dorme, coberta com um edredom azul, sobre um colchão no chão, muito próxima a um tacho apagado. Ela tem um ar feliz. "Sonha comigo?" Ele se aproxima. "Não tem frio?" Ele pensa em sair para buscar lenha. "Ah, não. Não se deve queimar a lenha de Lâla Bahâri." Seu olhar busca o quarto, beija cada estátua de Buda, cada *asana* dos deuses amorosos, depois para sobre Shirine, sobre sua mecha de cabelo rebelde com a qual brincam as últimas chamas das velas. Yûsef se senta, contempla ainda o corpo enrolado de Shirine, esculpindo a coberta. "Espero que, ao dançar, você não tenha colhido todas as pegadas de seus passos." Sua mão acaricia a mecha. Tem a doçura que ele imaginava, a mecha de Shirine. Um doce sorriso alarga seus lábios. Com a ponta dos dedos, ele aflora os lábios de Shirine. Então coloca a pedra brilhante sobre o travesseiro, ao alcance de seus olhos fechados.

Suspendendo o edredom, desliza suavemente ao lado dela. O corpo desnudo e pequeno de Shirine se aconchega contra ele. Ela murmura: *"Pâni do, pyâr!"*[5]

---

5. "Dá-me água, meu amor!" [N.T.]

... e três notícias do dia 13 de março de 2001

- Em meio ao frio glacial e seco de Cabul, descobriram o corpo de um carregador de água, uma bala nas costas, arrastado por um cão pastor até a garganta de uma fonte ao pé do Hotel Intercontinental.

- No estádio de Cabul, uma mulher foi apedrejada nesta manhã por adultério, e seu amante, um comerciante hindu, é executado num jardim público.

- Na via inundada da autoestrada A27, entre Amsterdã e Paris, um homem de quarenta e cinco anos, francês de origem afegã, morreu num acidente.

ESTE LIVRO FOI COMPOSTO EM GATINEAU CORPO 11 POR 15 E IMPRESSO
SOBRE PAPEL PÓLEN SOFT 80 g/m² NAS OFICINAS DA RETTEC ARTES
GRÁFICAS E EDITORA, SÃO PAULO — SP, EM SETEMBRO DE 2021